天喜文化

从声音到文字，分享人类智慧

每天进步一点

蔡澜

保持一份真最要紧。……大吃大喝，大笑大哭，旁若无人，又有谁管得着你？偶尔的疯狂，是真的营养。

下棋、种花、养金鱼，都不必花太多钱……也不会太破费，绝对不是玩物丧志，而是玩物养志。

学习新事物，如果你找不到爱的话，它能填满你人生中的空虚，成为一种学问，你也会从中找到爱。

大清雍正年製

何妨慢生活

[illegible]渊 著

天地出版社 | TIANDI PRESS

出版说明

蔡澜先生是知名的作家、美食家、电影人、主持人，博学多才，其文学作品充分体现了他自在悠闲、随意有趣的生活态度。

本次出版的系列图书，精选了蔡澜先生259篇经典作品，分为三册，从多个侧面展现了他真实、丰富而精彩的人生。其中，《人生唯有美食不可辜负》70篇，是关于吃的哲学，食在八方，畅言天下美食；《去看世界的热闹》118篇，讲述游走于世界各地，一路所见的人、事、物；《何妨慢生活》71篇，则是支招在快节奏的生活中如何张弛有度，放慢脚步，观照内心，提升幸福感。蔡澜先生以质朴简洁、幽默机趣的语言娓娓道来，向读者传递了积极豁达、随心自在的处世智慧。

由于蔡澜先生主要生活在新加坡和中国香港，他的作品中存在不少英语、粤语词汇以及他特有的习惯用法。编辑在加工处理时，英语部分，人名、地名等已基本改为现在通行的译名；粤语词汇等则以脚注形式进行注释，尽量保留作者原本的行文用字，以呈现原汁原味的作品，使读者能够欣赏到生动精妙而率真的蔡澜式散文。

目　录
CONTENTS

第一章　生活有意思

伞　003
贴身情人　005
店名　011
写招牌　013
树　015
牙签随想　019
说胡须　024
店铺中的猫　028
穿衣的乐趣　030
虞公窑　035
杀价的乐趣　040
懂得花　044

厨艺书籍和节目 048
想家 053
签名 057
看人 059
古董买卖 063
及时行乐 068
玩 073
由小说到电影电视 075
从电影到文学 080
从电影学会说故事 085
坏人为什么不一枪打死英雄 089

第二章 笑看自己

当人类创造回忆 095
最初的记忆 099
回忆的建筑 104
二哥 109
翻车记 114
回忆 119
昨夜梦魂中 121

不得不信的秘方 125
大丈夫 130
当铺里的年轻人 134
婚礼 139
讣闻乐 141
最大谎言 143
大话精 148
阿Q精神 152
好玩 157
写经历程 162
抄经的喜悦 166
老 170
笑看往生 172

第三章 访问自己

关于写作（上） 179
关于写作（下） 183
关于出版 188
关于收藏 193
关于烦恼 198

关于照片 202
关于身世 207
关于岁月的逝去 212
关于做生意 217
关于金钱 222
关于道德和原则 227
关于烟 231
关于水果 236
问答游戏 241

第四章 老友记

万荷堂堂主 247
拜访蔡志忠 252
拜访黄石元 254
教父 256
苏美璐画展 261
大山 265
何妨 267
亦师太 269
奇人高仲奇 271

丁雄泉先生 276

何藩 281

牟敦芾 283

悼张彻（节选） 285

怀念李翰祥（节选） 289

第一章

生活有意思

从后山中引下一道泉水，闲时沏沏茶喝，也许试酿一些糯米酒。我的要求不高，并不难做到。想想，也就会做，这是我一向的宗旨……

伞

老了才会欣赏的，多数是英国货。

英国人制品数百年一成不变，永不跟流行，而用起来是一生一世的。

家父每天刮胡子的，是Taylor公司[1]的剃刀和毛刷，现在我也学会用它们，那么就不止一生一世，而是一代传一代了。

一向不喜欢在雨天打伞，但是如果找回那把Brigg[2]的黑雨伞，我还是爱不释手的。

在伦敦毕加德利的老店中，卖的都是狩猎的衣服和皮具、马

---

① Taylor公司：指Taylor of Old Bond Street（旧邦德街的泰勒），由Jeremiah Taylor创立于1854年，广受英国绅士喜爱。——编者注

② Brigg：世界顶级雨伞品牌，全称Swaine Adeney Brigg，创立于1750年，历史悠久。——编者注

鞍、靴和鞭等，伞是副产品，但代表了该公司的信誉。

绝对不是一按钮就张开，可以折成半截的那种。Brigg伞黑漆漆的，完全手动。但是仔细观察它的纹理，便会发现收起来时一翼叠一翼，可以收得很细很长，拿起来像一根手杖多过一把雨伞。

布料用质地很好的绢织成，雨点大了也会渗透水分，不如尼龙般密。有了这种小疵才是人类的产品，不然像神的用具。

有时看纪录片，发现皇亲国戚的那把雨伞，也一定是Brigg产品。日本天皇出巡时，拿的也是这把伞。

象征英国人的圆帽子和雨伞，前者已少人戴，但后者还是大把带在街上走，不管是晴天或雨天。其他国家，一下雨，人们纷纷地跑到便利店去买一把透明塑料的伞，从十几到几十块港币，用完即弃，不见了也不心痛，但每次打这把伞，做人总有一种寒酸的感觉，并不好受。风一吹来，整张塑料伞皮剥脱，只剩下像电视天线的鱼骨，样子更是滑稽。

用过的那把Brigg，是一位老导演的赠品，后来转送了一位年轻的朋友。他抿一抿嘴，并不懂珍惜。

为什么等到老才拥有可以用一生一世的东西？人类是奇怪的动物，身边的人，还不是一样。

贴身情人

天下情人，最忠实，最贴身，莫过于你腕上的手表。第一个情人，叫梅花（Titoni）[1]。

金壳的手表，是要上链的，忘记了就停止。在当年，其他同学腕上空空的时候，我戴着，是无比的光荣。

家父有一个朋友，在新加坡代理梅花表，半卖半送的，我一看到这商标就想起这位世伯。当今内地卷起一阵手表热潮，香港的杂志和报章上也充满名表广告。一个表可以卖到数百数千万，藏起来是一件容易的事，那么小的东西。

梅花表虽然不是很值钱，也复活了，跟着的还有西马（Cyma）、

① 梅花（Titoni）：瑞士手表品牌，1919年在瑞士格林肯建厂。——编者注

英纳格（Enicar）等[1]，大概都是乡下人买吧？连日本人也不执输[2]，精工表又宣传了起来。

到了出国时，父亲带我到表行，要我挑选一个，因为旧的已断了链。也不是眼光高，运气的缘故吧，给我看到一个可以提醒时刻的表，发出响声极大，就要了，当年还不是什么名表，但价钱算贵的，父亲也不吝啬地买下。

这第二位爱人，一直陪伴着我，有一次因公干来到香港，亦舒看到了，还道："想不到你这个新加坡人还识货，这个积家[3]，是世界上第一个闹表。"

已戴了多年，没学会珍惜。有一次，多个老友一齐喝酒，来了一个大玻璃罐，有人说："我们终生结盟。现在，请大家脱下身上任何一件东西，投进这个Jar（罐子）里，当成血，把它喝了！"

大家举手赞同，女的除了耳环，男的拿下戒指，都放进罐中。轮到我，就把那个积家丢入，豪气得很。

最后众人当然取回物品，我那个情人，溺毙了。

回到香港工作，遇见第三位情人，那是一个自动上链的劳力

---

① 西马（Cyma）：瑞士手表品牌，1862年在瑞士侏罗山区成立。英纳格（Enicar）：瑞士手表品牌，起源于1854年一家古老的瑞士钟表手工制造作坊。——编者注

② 执输：粤语，意为在比赛中占下风、吃亏、落后。——编者注

③ 积家：英文名Jaeger-LeCoultre，瑞士手表品牌，1833年成立于瑞士汝拉山谷。——编者注

士。内地人士，称为“五支火柴”，因为皇冠上五根刺。

许冠文说：“人类不知道用什么来表现他们的成就，第一件要买的就是腕上的劳力士，第二件是奔驰汽车。”

对劳力士当然认识，但目的与众人不一样，我一身蓝色衣着，选她是因为有蓝色的表面。那时候亦舒也为文说过：“从来没看过一个那么爱蓝色的人。”

劳力士用了多年，总觉得她重。有一回日本举行影展，出席者一个人送一个表，白色表面，暗花印着灰颜色的一排带齿洞的菲林。一戴在手上，咦，怎么那么轻？那是因为她是个石英表，准得不得了，换了几次电池，还舍不得丢掉，她是我第四个情人。

这个石英表有一条很轻巧的弹簧带，出浴时最方便脱下及戴上，从此和弹簧带结缘，直到我遇见了令我惊喜的Bvlgari[①]。

一年被金庸先生邀请游意大利，在米兰的精品店中，查太太介绍了这位Bvlgari的绝色佳人，金壳，黑面，样子吸引我，但更令我赞美的是那条钢带，伸手进去，拉紧，有个金钩子，一下子扣上，简直是艺术家才设计得出的作品，成了我第五个情人。

“收藏手表，先要懂得价值，像你手上的Bvlgari是个石英表，没有机械。机械表至少要由几百个部件组织，人手长期地结合，以人力物力来算，也是值钱。”有人批评。

---

① Bvlgari：宝格丽，意大利奢侈品品牌，旗下产品主要有腕表、珠宝等。——编者注

骂归骂，我还是很爱她，每日戴，当粗品，表面和带子都花了，更觉可爱，但到底太过炫眼，让该地穷困人士盯着的感觉不好受，不适合我这个到各国旅行的人。

一有时差，所有一地时间的情人都失去作用，所以买了一个Ulysse Nardin[①]，是第六个情人。她有一个掣，秒针不变，单击时针跳一小时，方便我对准当地时间。价钱不贵，设计大方，但并不标青[②]。去了南非，和尚袋被小偷搜掠，其他东西失去，此表还在，不识货也。

返港，思念老情人，表店里有积家闹表的怀旧版，即刻娶回当第七情人，但发现机械表总有机械表的毛病，放置一下就要停，而且戴久了总要迟几分钟。

这时，看到广告，也是个机械表，但有另外一个最大的好处，那就是自动发光的光管，比一般磷质夜光表还要亮出几十倍。黑暗之中，还可以用来照耀枕边人的俏容。

是梦寐以求的情人，因为我这个人一起身就要看时刻，有时在外地不知身是客，更是彷徨，不看表不行，有这位叫波尔[③]的情人相伴，不愁也。

---

① Ulysse Nardin：雅典表品牌，1846年在瑞士勒洛克创立。——编者注

② 标青：粤语，意为非常出众。——编者注

③ 波尔：英文名Ball Watch，美国著名制表品牌，以“始于1891，在恶劣环境中，依然准确无误”为口号。——编者注

波尔带来不少“丫鬟”，有两地时间的、黑脸的、白脸的、黄脸的、全换上弹簧带的，不算是一位，成一家族，那是第八个情人。能当上第九的，是一个全黑色波尔，外壳用比钻石还要硬的强力炭制成。时、分、秒针以及表面镶嵌了六十三枚自体发光微型气管，在漆黑中等于一把小火炬。

始终，我都要把分钟校快五分钟，总是怕不准，总是怕迟到，这是欺骗自己的行为，但不这么做我不安心。

我为追求时间准确着迷，也许是因为人生到了这个阶段，每一秒钟都觉珍惜，到底天下有没有一个永远是准时的情人呢？

终于给我找到了，第十位情人是一个价钱便宜的星辰表，她的宣传口号是“超越了准确，完美时计之新基准”。这是一个电波表。

本身有收音机的机能，通过腕表内藏的天线接收电波，在河南省商丘市虞城县有发射台，发出标准时间数据，自动调整时间和日期，并具有闹钟和亮灯功能。

发射台在欧洲一个、美国一个和日本一个，我到了什么国家，就可接收当地信号调节当地时间。不是机械，也不是石英，是光动能，以任何光源来充电，不必用电池。

看上去很重，一戴觉得很轻，我现在已不必再把时间校快，她是最准、最可靠的了。

小时候看过一部德国人拍的黑白片，叫《蓝天使》，男主角是一位教授，最守时。他每天早上九点一定在市中心的钟楼下经过，大笨钟显示着九点五分，周围的人都知道大笨钟快了。从此一直想当这个教授，现在终给我做到了。

店　名

台湾食肆起名，有他们的一套。如果你自己也想开一家，不如参考参考。

小吃店的招牌上写着“大使馆小吃店”，如果大餐厅的话，这个名字就没什么意义了。大餐厅有家叫“当心上瘾”，小食店改了一个字，叫“小心上瘾小吃”，更贴切。文雅一点，叫为“浮生悠悠小吃店”，我也很喜欢这个名字。

“深情相约小吃店”听起来就造作，不知道是不是琼瑶电视剧看得多，还是“紫藤庐小吃”较有文化。

“满天飞小吃”像是舞女开的。

“开开看饭店”表示店主没什么信心做得好，也坦白得可爱。

台湾人爱用闽南话，有家叫“古早味”的。“古早”，从前或昔日的意思。没有去过，不知道是不是卖怀旧菜。

"古意"，闽南话说起来和老古没有关系，意思是很有个性。有一间叫"古意头家小吃店"。"头家"，老板的意思。

咖啡店中，名字取得随意的有"自由风格咖啡店"，以四字入名的店铺，相当流行。三个字的，我喜欢的一家叫"猫花园"。

茶艺馆在台湾也开得多，一间叫"小歇"的很有诗意，另一间叫"苦茶"的很有禅意。"耕读园茶艺馆"也很不错，"一茶一坐"令人想起日本有个叫小林一茶的诗人。

大餐厅有家叫"赤壁赋行"的，较高档，"奇妙种子"低俗了一点。

一看就知道老板很顽固的是"硬石餐厅"。好奇心重的取了一个叫"打破砂锅砂锅专门店"。爱国的叫"吾爱吾乡"。

好店名最好是和本身卖的菜有关，卖面的叫"给足面子"。最妙的是一家客家菜馆叫"你家我家客家"。

写招牌

写书法，是受父亲的影响。小时看他磨墨挥笔，佩服得不得了。家父的字，虽未达大师级，但也自成一格。

我字迹奇丑，至中年才下定决心，向冯康侯老师学写字和刻图章，但生性懒惰，没下过苦功，写出来的，只能算是见得人而已。

记得有人向父亲求字，问笔润若干。老人家不收，对方坚持，他只好说送几个鸡蛋就行。与他不同，我利欲熏心，内地菜馆要写招牌，我狮子大开口，盛惠一字一万大洋。说也奇怪，竟然有些生意，自己都不能相信。

清晨不写稿时，便练字，写些东坡禅诗，或喜欢的唐人绝句。到了过年，也写些挥春[1]，裱好了在小店“一乐也”卖，利润捐慈

① 挥春：即春联、门联、福贴。——编者注

善机构。

至于友好，或街边小贩，那就分文不取。见菜市内有些摊子没招牌，也自动为他们写一个，好在对方不嫌弃，挂了出来。

凡遇烦恼，就写《心经》。事前必恭恭敬敬，坐了下来，一字一字抄之，写后有如云开见月，百花盛放，身心舒畅。

衙前塱道上有一肉贩，比较之下，发现此档之肉最为新鲜，经常光顾。日前又去买猪肉，遇档主吴先生，他说："你从前写的《心经》，我还挂在墙上。"

想起来了，当年我开始卖"暴暴茶"，没什么东西可以送给顾客，就写了一篇《心经》，制版后用仿古宣印刷，分赠予人。记得写漏了一字，还认为有缺点更好，没去修正，那已经是二十多年前的事了。

见此卖肉者，每天接触鲜血，但诵经之余，已是职业一份，手沾不到了，甚有意思，可当成佛经故事。

返家后又焚香沐浴，为吴居士手抄一篇，拿到画店裱好，亲自双手奉上。

对于书法，我也有些迷信：做过的电视节目，凡标题由查先生为我写的，必有高收视率。多年来计有《叹世界》《逛菜栏》《叹名菜》等，七月初要做一个新的，又得去烦劳他老人家了。

树

学篆刻有一个好处，那就是能从一方小小的图章中看到宇宙。凡事仔细观察，总有无穷的乐趣。

我们每天到学校上课，出门买菜，或者上下班，如果觉得路途遥远，那么看路边的树木好了。不注意的话它们就像不存在，认识了你便会一棵棵叫出名字来。看它们开花落叶，目的地一下子到达。

在香港常见的树，种类虽然无数，但是总有一些特别多，归纳后不外几种，并非难事。

“树有什么好看的？”小朋友问。

首先，我们会感叹造物者的神奇。一棵大树，叶子至少有数十万片，你想想，它要吸收多少水分才能让这些儿女得到营养。看叶子的凋落，悲哀吗？但到了翌年，树又长满绿叶，这不过是成长的一个过程。

欣赏树，我们可以从它的外表开始，一下子就发现每一棵树的形态都不同。接着是叶子了，圆的尖的各异。再下去看花，美不胜收。树皮也好看，有的光溜溜，有的皴裂。最后是它的根了，牢牢地抱着大地，有些根还从树枝上挂了下来。

代表性的是榕树，香港的是中国榕，又叫细叶榕，树干直而粗壮，枝上长出长长的气根，像长了长须的老人。榕树气根能长入泥土，并发展成另一棵榕树。新树又长气根，就那么代代相传下去。有时这些气根会把树干包围起来，像孩子抢父母的饮食，争相吸取泥土的滋养，这种竞争叫作绞杀现象。

阿弥陀佛。说到此，还不如联想印度的榕树，和香港的是不是同一个种？释迦在树下，如何觉悟？

长得又高又直又粗的木棉，树干上有尖刺，预防动物攀爬，正直无偏的树干，十分威武。但到了春天又有娇艳的一面，长出又红又大的五瓣花朵。在路旁拾起来看，花萼成杯状，其中雄蕊无数，晒干了是中药。五月结果，果实椭圆形，爆裂后飞出棉毛来，不喜欢的人为飘得满面而懊恼，爱上了就觉得像飘雪。木棉又叫英雄树，如果掉落的花朵黏在树干上，真的像中弹的烈士，企立不倒。

早春杜鹃怒放，万紫千红。香港到处都长杜鹃，郊外也有野生的，花柱似蝴蝶须，花冠成漏斗状，非常高贵。叶片很厚，椭圆形或披针形，叶片及柄皆披毛，故也称为毛叶杜鹃。从前的港督府中长得最茂盛，当今偶尔也给大众进去观赏，等到开放日，去走一回吧！不然在一些学校校园也能看到杜鹃，问学生：是什么花？愈是名校的学生，愈回答不出。

遍布花岗岩的野外，植物稀疏，故引进了多类树，适应力强，生长迅速，其中之一是台湾相思。山脊上的防火林带也多是这品种，远看有如一条绿色的带子，也叫为“绿带”。春暖时分，台湾相思开出绒球小花，一片金黄，令人目眩。下完雨，在台湾相思下走过，会闻到一阵强烈的腥气。

还是白兰清新芬芳，在春末夏初开花，有时秋天也盛放，花开二季。花瓣狭窄尖长，可用铁线串起来打个圈，挂在上衣的纽扣上，阵阵香味飘散。早年的女士们更将之别在髻上当头饰，当今的最多买几朵放进LV（路易威登）皮包里。白兰可以长得五六层楼高，花一开数万朵，如果买房子买到路旁有一棵大白兰，那才是真正的发达了。

看过台湾相思的黄，就要看凤凰木的红了，最美丽是在初夏蝉鸣时，起初树顶上看到几朵红花，一下子像燎原之火燃烧得通红，洋人称之为“Flame of the Forest”（森林的火焰）。它的叶子为羽状复叶，对称长出，到了冬天在北风中如雨飘落，另有一番凄美。

看果树的话，新界一带有许多龙眼，银杏则少见。有趣的是南酸枣，像橄榄，肉厚汁多，果核有四五个洞，也叫四眼田鸡。油甘子又叫余甘子，果实绿绿油油的，细嚼之后有余甘，故称之。最香、最好吃的莫过于本地蒲桃了，三四月间看到地上落着一堆黄色的蕊丝，就知道是蒲桃树。五六月结果，果实像个柠檬，当中有颗小核，摇起来咕噜咕噜作响，肉又香又甜，可惜现在的人怕生虫，不敢尝试。

鱼木又叫树头菜，别名石栗。香港将各种树的树名写于一块小板钉在树干上，下次经过仔细看看，就知道什么树叫鱼木。到六七月间你不看也认得出，树头上开满着黄花，漫天花海，美不胜收。单单是太子道上就有几百棵鱼木，开起花来像游行的涌涌人头，平和而坚强。

有时树让我们想起一个人。丁雄泉先生常带我去看阿姆斯特丹河边的一棵大树，叶子上百万，垂至水上。有一天，丁先生和我都走了，树尚在，这是做人最简单的道理，争执来争执去干什么？我想，对大树的尊敬，莫过于死后把骨灰埋葬树旁，与它共同取笑路过者人生之荒唐。

牙签随想

中国人最喜欢用牙签。到了外地旅行餐桌上看不到，讲英语的地方还能应付，其他国家语言不通，只能打手势，也不一定有得供应。

所以牙签就变成了很珍贵的必需品，旅行团团员必你争我夺。西餐吃厌了去一间中国菜馆，看到牙签，不管三七二十一，先抓一把装进袋里。这种现象最为讨厌，尤其是香港八婆，常见她们为了抢牙签而吵起来。

为什么出门不带牙签呢？国泰航空飞机餐中的那支最好用，顶上还有一个牙线。这种牙签在药行或超市都有得卖，一大堆才几块钱。

有些牙签是纸做的，像纸火柴般，一打开纸壳，就露出一排，拔出一支，即可用之，携带也方便，又便宜。

贵的是金子打出来的，一支十四K的要卖到八十九块美金，方形的牙签盒五百七十，圆形牙签筒四百三十九，伸缩牙签二百一十七，都能上网购买。

有时在酒店房中，要找一支牙签很不容易，那只有拿出瑞士刀来，在柄端有一个小白点，抽出来就是一支牙签。如果不见了，可以找到Victorinox[①]的网站，花一块钱美金就能补回。

我小时用的牙签，装在一个纸盒中，上面画了一只鹰，文字为蓝颜色的。殖民地没有自己的牙签厂，连这种最微小的用具也要从英国输入。这家公司的产品很容易折断，挑一次牙要用上好几支，但是牙医都推荐使用，说太硬的牙签会令牙缝增阔，最好别用。当然，牙医都是英国留学回来的。

这一类牙签一头是尖的，一头半圆形，将圆头折起，就是一管很好用的挖耳器。

当今流行的都是些两头尖的，高级一点的一端还涂了薄荷，我最讨厌薄荷味，从来不用那一端。

泰国制造的牙签，是用竹片削出来的，很薄，很细，也好用。已经很久不见此物，最近友人去泰国旅行买了一堆，送了两盒给我，我很感激他。

在法国旅行时，看他们用的牙签是支圆管，一端斜角度削尖，

---

① Victorinox：维氏军刀，瑞士品牌，1884年由卡尔·埃尔森纳创立。——编者注

原来是鹅羽制成的，大概是从前宫廷中留传下来的传统。当今已没那么豪华奢侈，以塑料吸管削成。

吃日本菜要分辨这家餐厅是不是高级，从牙签可以看出。一般用的是一头尖一头圆的木牙签，上等食肆则非竹牙签不可，一边还要留下竹的外皮，竹枯了呈黑色，故称之为“黑文字（Kuromoji）”。更高级的头上雕刻，雕出透空的鲜花模样，如果不用“黑文字”，说什么也不够体面。

顺带一提，日本人把牙签叫为“妻杨枝”，杨枝发音为Yogi，和“用事”相同，亦叫作“妻用事”。“用事”，有事要叫你去做的意思。喂！老婆！有事找你，把牙签拿来！

日本人做的牙签盒很漂亮，有些是漆制的，磨得发亮，令人爱不释手，但是漆器有一股味道，并不好闻，购入后用白醋擦一擦，即能除之。

一般用的多是牙签筒，瓷器和金属的，林林总总，为爱好者收藏。美国有一个“国家牙签筒收藏家俱乐部”，有兴趣可以参加，它每个月出版刊物，又介绍很多国际上的牙签和牙签筒书籍。

牙签还可以用来搭木桥，一支支细小的东西，组成非常复杂的桥梁。每年有个大赛，看谁搭得最好。也有人用牙签来做飞机的模型，更多的牙签痴，用它来搭帝国大厦，或者重现被炸毁的世贸中心。

鸡尾酒会中，插支牙签在小食上，像小香肠之类。为了装饰，时常用彩色玻璃纸在牙签头上打了花结，一看就知道是廉价品，什么食欲都没了。

小时候觉得最神奇的，莫过于看到一只啄木鸟，把它的头一按，就“叨出”一支牙签来。后来也有种盒子，上面有条细缝，把盒盖一提，再按下，一支牙签就从缝中竖了起来。其实这道理很简单，我们的头脑也简单，才觉神奇，回到简单，又是艺术。我的餐桌上的牙签筒是一顶魔术师的帽子，有只兔翘起耳朵，把耳朵一抓，就露出牙签来，那是Alessi[①]的产品，有绿、蓝、紫、橙四种颜色。

谈到魔术，有一种骗小孩高兴的方法，那就是在吃饭时用一块餐巾，将一支牙签藏在边缘的折缝里，表演时，从牙签筒中拿了一支，给小孩子看过后折断，用餐巾包好，这时乘机把那支完美的从缝中取出来，然后假装向餐巾吹一口气，换掉那支折断的，大功告成。

一棵树，能制造成多少牙签，没人算过，用牙签算得上环保，不必制造塑料的吧？当今除了中国，没有什么地方做牙签了，人工便宜，又多代木[②]嘛，全世界都向中国购买。

---

① Alessi：艾烈希，世界知名家用品设计制造商，1921年由乔凡尼·艾烈希创立。——编者注

② 代木：即“代替木头”之意，学名“可机加工树脂板材”，又称检具材料、代木材料。——编者注

和金庸先生吃晚饭，看到他最喜欢在饭后玩牙签，食指和中指，各插一支，牙签尖，不会痛，金庸先生当它是踏高跷，一步一步往前走。

有时，将一把牙签放在桌上，也能用来排字。

看到一个男的想引诱一个女的，用牙签排了“Hotel”这个字。

女的将第一个字母和最后一个字母动了一动，变成“Kotex”[①]，男的看了，知难而退。

---

① Kotex：高洁丝，金佰利集团旗下的女性卫生用品品牌。——编者注

说胡须

最近我留了胡子，有些人说好看，有些人说奇丑无比。我才不管那么多，到了这个阶段，还听人家说些什么？

留胡子，是因为家母于去年年头去世，古人说要守孝，得三年不刮胡须。我虽为今人，但对这个想法颇为赞同，就留了起来。

十多年前家父仙游，我也留了。但母亲反对，认为是一脸颓废，即刻命令："把它剃了！"

"为纪念爸爸呀！古人都那么说。"我抗议。

妈妈呼喝："你要听活人的话，还是死人的话？"

这一来，只好乖乖刮掉。

当今，家母也走了，无王管，我就留了起来。

也方便，不必每天起身刷牙洗脸后就剃，省下不少时间。不过，胡子乱生，有副脏相，是不允许的。留了胡子每天还得整理，用把小梳修剪一下才行。我是半个文人，不算是白脸书生，须根也不多，长起来疏疏落落，并非美观，略略修剪，还过得去。

从小受古人影响，一直想要蓄点胡子，好不容易才有这个机会，留就留吧，但照照镜子，怎么看，也看不出个古人相。也许过了三年，一剃而光，或者，只留八字胡，也叫八字须、两撇胡，粤语叫“二撇鸡”。

正式说起来，胡须俗称胡子，泛指的是生长于男性上唇、下巴、面颊或脖子的毛发。再仔细分，胡是指长在嘴唇旁边的毛，上唇的叫髭，下巴的叫须，或山羊胡。而两鬓至下巴的叫络腮胡、连须胡。面颊上的叫髯，鬈曲的髯，叫为虬髯。

唇上的，加双颊的，再加下巴的，留长了，就变成“五柳”了。我的毛发并不粗，要学古人的“五柳”，是不可能的事，将就的留髭和山羊胡就是了。

我一向仰慕的丰子恺先生也留过，样子特别庄严。吾生已晚，无法见到丰先生。

在邵氏电影公司工作的年代，有位特约演员生得很像丰先生，就请他到化妆间，要师傅替他黐[①]上山羊胡，再到服装间换了一身长袍，到摄影室去，拍了一张站在他身旁的黑白照片，可真得意。可惜在搬家时弄不见了。

---

① 黐（chī）：粤语词，意为粘。——编者注

上中学时，看了《魂断蓝桥》的罗伯特·泰勒和《乱世佳人》的克拉克·盖博，也很迷恋那二撇鸡，就留起髭来，那时候，大概是胡子和汗毛加起来的吧。

一年，邵逸夫先生生日，在宴会上，家父带我去见他，邵先生一看到我，笑说："我那么老了，没有胡子，你怎么留了起来？"

回到家后就把那汗毛剃掉。这件事，记忆犹新。

当今留起胡子来，会被人当成危险人物。阿拉伯民族每个人都留，个个样子都一样。喜不喜欢，各人有各人的看法，阿拉伯人说："没有胡子的男人，等于没有尾巴的猫。"

反观希腊人，就对胡子没什么兴趣，从他们雕刻的石像来看，男人脸部都是光滑的，这可能是他们已经文明，用的刀子也利，剃起来容易。埃及人也少留胡子的，从金字塔的塑像来看，髭少见。有时在下巴黐上一撮，那是用来装饰，并非刻意留，他们认为胡子和葬礼搭上关系，是不吉祥的。

青春期后的男子，长出胡子，胡子长得比头发快，是雄性激素作用的结果。生殖机能愈旺盛，胡子生长得愈快，因为长胡子部分的血管分布得比发部多，养分也足。所以一刮去，翌日又长起来。但这是因人而异的，长不出胡子的人也不必担心，可能是遗传，不会影响到生殖能力。

提到性，浓胡男人是不是能力特强？这也没有什么根据，我想是遗传因子作怪。好种的，就要播，这和胡子没有什么关系的。

男人要有男人味道的话，最好学会用旧式的剃刀。这把冷静又锋利的东西，当今只会用安全剃刀的男子，望之生畏。女人一看到你雄赳赳的以旧剃刀刮胡子，一定倾倒。

有医学报告说，留胡子是生物成熟的标记，尽管胡子看来有威胁性，但能引起女人对性的遐想；脸上无毛，被女性认为干净，产生温驯感，也有好处。

所以留不留胡子由你决定了。当兵的话，全世界有许多国家是允许的，但当中国兵不行，除了获得特殊的批准，像十大元帅中的贺龙，就可以留，不然的话像中国人民解放军或武警、民警，都禁止长须。

秦始皇就不同，他自己有胡子，所以部下都留须。你看兵马俑的各个扮相，都留着不同的胡须，所以你要留的话，最好去仔细观察他们的扮相。每一个人的面容大小各异，要找到一个适合自己的才行。兵马俑是一个最好的参考资料，千万别错过，否则留个不称的，变成小瘪三，就笑死人了。

店铺中的猫

最喜欢看一些商店中养的猫，和家猫完全不同，是商标的一部分。

中环的“陈意斋”中养了一只长毛猫，全白色，伙计们都做了数十年，身穿白衣黑裤，和从前养的猫很相像。

老猫已走，伙计还在，养了一只新猫，和上一代的一样，比那只贪吃懒惰，但大家原谅它年轻，还是那么宠爱它。

北角春秧街的药店中也有一只肥花猫，整天躺在玻璃柜上，扮老大。一向对肥猫没什么好感，尤其是漫画中的那只加菲，但这只还好，任人抚摸。

衙前塱道上卖潮州鱼饭的“元合”，也养了一只，我和老板庄锡和及翁丽玲夫妇已成老友，问他们说：“一整天对着鱼，这只猫看了鱼不怕吗？”

“不怕。”庄老板回答，“只有最好的鱼，它才肯吃，嘴真尖。”

再走前几步，就是九龙城区卖猪肉最为新鲜的“利兴肉食公司”了。

老板吴光伟夫妇的猫，最特别。

“不过是黑白花猫嘛。”有一次和友人经过，他说。

“你仔细看。”

“啊！”友人大叫，“那是一只三脚猫！”

吴光伟解释：“冲出街上，给的士[①]撞到，还会爬回来。看了不忍心，拿去兽医那里，动了手术，一万块呢。”

三脚猫完全不会因为行动不方便而改变性格，活泼地跳来跳去。

“吃猪肉吗？”我问。

“不。只吃猫粮，其他食物一点也没兴趣。别看它这样，还会天天抓老鼠，咬一只就放进垃圾桶，有时四五只呢。”

我看得爱死。

“别的猫不听话，这只一叫就来。”吴老板示范，“阿花。”

阿花果然走过去，依偎在主人脚边，比女儿还可爱。

① 的士：即出租车。——编者注

穿衣的乐趣

日本的夏天，吃七月底最成熟的水蜜桃，浸浸温泉，与下雪时又是不同的味道。起来，一身汗，喝一杯冰冷的啤酒，听听周围树上蝉声。

勾起一段回忆，四十年前看过一部石原裕次郎的电影，他在夏天穿了一套和服，薄如蝉翼，心中大赞："天下竟有此般美妙的东西！"

后来才知道是一种叫小千谷缩（Ojiya-Chijimi）的麻质布料。早在千多年前，已极为日本人推崇。

"小千谷"是地方的名字，所谓"缩"，则是一种传统的织布法，在昭和三十年（1955）被指定为日本重要无形文化财产。

哪一家人、哪一个牌子的小千谷缩做得最好呢？都不重要，它要经过严密的审查才能打上"小千谷缩"的标头，需具有以下五个条件：

一、原料一定要使用手撕出来的苎麻。

二、织有条纹，不靠机器。

三、只许可用传统的木架织布机纺织。

四、除去麻线上的凹凸，只能用水冲洗，或用脚踏平。

五、必得在雪上晒干。

自古以来，越后新潟的农村女子，到了冬天雪季不能耕种，就在家里织布。将苎麻浸水后一条一条剥成线的过程已需一个月的时间，纺织时屋中不可烧火炉，否则影响纤维的伸缩，织好的布在雪地上洗晒，也是同一个道理。麻条制成布匹后，揉之又揉，纤维收缩，卷曲起来离开皮肤。

用这种技巧织出来的布，质地柔软，但非常笔挺。在透凉感、水分的吸收和发散、白度、光净、坚韧上面，苎麻都比南方人惯用的亚麻强得多。

小千谷缩算是世上最完美的麻质布料，你只要穿过一次，就上瘾了。

织成的布料摩擦在身上的感觉，是种无比的享受。伊豆修善寺的温泉旅馆中，就用全白色的小千谷缩来做布团被单和枕头的盖子，非常豪华奢侈。

这回带了老饕旅行团来冈山吃桃子，前后两回一共在日本住上十天，够时间在大阪的高级和服店订制一件。

小千谷缩做的和服近于透明，得穿上一套内衣才不失礼。通常日本人会在上身穿一件内衣，领子和袖子的颜色衬外衣，中间是白的。

我选的外衣是深蓝色的，问裁缝师傅道："为什么中间要用白色，全套都是蓝的不行吗？"

"白色，"他回答，"才能把材料衬托出来，让人家看得出是小千谷缩。"

另外要配上一条内裤，盖住膝骨那么长，日本人称之为"舍子（Suteteko）"的，也是棉质的居多。

腰带可用扁平的，但是我还是喜欢近于黑色的十二尺[1]丝带，卷成数圈缠于腰中。

一般和服的腰带绑起来，结容易松掉。为什么有些人的带子绑得那么结实？原来穿上身内衣时，已有另一条带封住。穿上外衣，内层又加一条，最后外层才缠正式腰带的。

拖鞋或木屐任选。要正统的话，还是得穿江户时代公子哥儿流行的Setta。皮底，插着一条钢条，走起路来发出金属声音。

夏天不可缺少的道具是一把扇子，普通的日本折扇太小，没看头。用一把葵扇吧。扇上加网，令它不散，再添上一层薄漆，才不穿孔。选把鲜红色的，够悦目。扇子不用时，可插在腰带背后。

---

① 尺：长度单位，1尺合0.33米。——编者注

衣服绝非夏天洗完澡后穿的夕云（Yukata）[1]凉衣可比。夕云只能穿着在街上散散步，不登大雅之堂。这一套和服可以出席任何场面，非常大方。

织小千谷缩的工匠愈来愈少，政府拼命培养，但有什么年轻人肯在没有暖气的屋中织布？尼龙代替，却一下子就露出马脚。

“小千谷缩那么好的料子，为什么内衣却是普通的棉织？”我问那个和服专家。

“啊！客样[2]，”他说，“我们日本人穿衣服是穿给别人看的！”

“那么你用蓝色的小千谷缩来替我做做内衣吧，别人看得出看不出不要紧。”我说，“但是这合不合传统？”

“不是合不合的问题。”他回答，“衣料不便宜，没有人那么要求过。”

岂有此理！自己感觉好，才最重要，管人家怎么看法？

记得丰子恺先生谈起他老师弘一法师李叔同的服装，说他是风度翩翩的公子哥儿时，整套挺直的西装，当了教师穿的是合身份的长袍。做了和尚，写信请人做袈裟，尺寸写得清清楚楚，绝不含糊。是什么穿什么，像什么。

洋人着唐装，男人总像功夫片配角；女人穿旗袍，衩开得有

① 夕云（Yukata）：日本人夏季穿的一种轻便棉布和服，也称为浴衣。——编者注

② 客样：即客人。——编者注

如欢场女郎，看得人摇头不已。

我们到意大利最好穿英国西装，到英国穿法国的。着日本和服，非但穿得要像样，还要穿得比日本人好，一乐也。

虞公窑

今年要推出我亲自监制的月饼。

味怀旧，和儿时吃的一样。皮薄如纸，一看就知和其他月饼有别。

木盒包装，开闭处有一块像古时封泥的东西，希望用陶器制造。说到陶器，即刻想起石湾“虞公窑”的曾氏兄弟，专程登门造访。

哥哥曾力的观音，造型古朴，遵守着唯美的感觉，令人看得如痴如醉；弟弟曾鹏的陶艺涉足甚广，花瓶、笔画筒、钱钵，甚至佛像，一经他手，抽象生趣，有如儿童作品那么可爱。

父亲为石湾传统的陶艺家曾良，两人从小受熏陶。长大后又正式在艺术学校受过严格的训练，在各方面的条件都足以成为石湾大师，是当今陶艺界中最杰出的人物。

两人的作品目前已销到世界各地，在敦煌旅行时看到纪念品店出售的观音头像，就出自他们的手艺。台湾有家商店专门卖他们的东西，加拿大也有代销处。香港的国货公司和花墟的“乐天派”也陈列着，其他商店，赝品已面市。

虞公窑不好找，但以佛山机场为目标，再打电话给曾氏兄弟的拍档潘永强，前来带路。

占地甚广，作品摆满各处，一看杂乱无章，但亦分形象、上釉、烧窑各部分，另有一教室内曾力来教导学生，还有数十位志同道合的工友一起制作。

说明来意，曾鹏兄表示那是小意思，拉着我说：“来，我来让你看看我的新朋友。”

外面堆的巨木，形状古怪。

“你猜中了，是旧船拆下来的木头。”曾鹏兄说，“我们买了好几百吨。”

“干什么用的？”我摸不着头脑。

“看了你就知道。”他笑得像小孩子。

另一个工厂里，大家忙着锯木和打磨。出现在我眼前的是一张张的桌椅，电视台和书架都自然浑厚，极有重量感，看得我叹为观止。

“已经浸在水里几十年，而且又是南洋最坚固的木头，这种家具，用个十辈子也不会坏。”曾鹏兄说。

明式家私已经充烂市，有这种变化意想不到，既是实用，又是一件艺术品，而且每一件都是原创的，世界上哪里去找，欧美人士一看到更会如获至宝。

“做出来不容易。”我感叹。

“所谓烂船也有三斤钉。”他说，“船木充满大铁钉，单单是将它们起出来，又要填洞，已经花了很多工夫。”

“买新木头来做不更方便？”我这个俗气冲天的人说，“要多好的有多好的！”

“新木头要斩树。”他的答案单纯，“这些不必。工花得再多，也是值得。”

听得惭愧。

这时哥哥曾力跑进来，拉我到他的工作室中看他的新作品。啊！是一尊老者像，面部充满智慧的皱纹，与他从前的写实佛像造型有别，这一尊更是写意。有了根深的基础走出来的正路，才耐看。等待弟弟曾鹏又回头去写生时，又是新玩具一件。

“我把这尊东西叫为师傅，你认为怎么样？”曾力哥笑着问。

我当然举手称好，请他割爱。

走到展示厅，见一观音，脸部慈祥，白色造型有如木头雕刻出来的瓷器，是曾力哥心爱作品。我一生追求完美的观音，终于给我找到了。

“到我们家里去坐坐。”曾鹏兄说。

离虞公窑不远的一个临江住宅区中，可以买地不买屋，自己建造。两兄弟起了相连的三层楼，由读建筑的曾鹏嫂设计，一层搭一层，住起来像座五楼的屋子，家中布满船木家私和自己做的陶艺，令人目不暇给。

“给你一张画。”曾鹏兄说完，拿出一幅莲花和蜻蜓的水墨，题着“无中生有”四个字。

“我们搞创作的，都是无中生有嘛。”他笑了。

坐了一会儿，吃饭去。川边的一家河鲜酒家中，等菜上桌时，曾鹏兄说：“前一阵子黄永玉老师来过我们的窑，要了很多陶器拿去他的万荷堂摆设，我父亲和他从前在北京是同一组，为美术馆做事，他常拉我父亲偷跑去钓鱼，两个人像逃学的学生。”

“知道你们是老人家的儿子才来的？”我问。

“不是。”曾力哥说，“是来石湾买陶器，领导带他来，才知道我们是老友的后代，要了很多件，并说明不肯付钱。”

“我们说不付钱不要紧，画画呀！”曾鹏兄笑了，“他老人家兴趣大发，画了很多张，反而是我们赚到。回到物物交换的时代，多好！”

我心想曾鹏兄也送我画，我不知道送回他几罐自己制造的咸鱼酱，算不算物物交换，绝对我不吃亏。

菜来了，当今河鱼不肥，也吃得过，但最美味的还是风干的小鱼，蒸起来鲜甜得很。

吃完饭店主硬要我写几个字，我说有两位真正的艺术家常来，你怎么不请他们写？有眼不识泰山！

曾鹏兄不经意地在纸上画了一个留着“五柳”的老头，挽着一尾鱼，向我说：“我画画，你题字。”

好，我落墨：咸鱼好食。

只听到背后的侍者议论纷纷：“我们的河鲜更好吃呀！又怎么画了那么一个公仔？”

曾氏兄弟和我相视而笑，大步走出餐厅。

杀价的乐趣

“一斤多少钱？”

“五块。”

“什么？那么贵？两块行不行？……四块吧……四块半！”

“好，卖给你。”

“加一根葱。”

这不是杀价，这是买菜，家庭主妇的专利，她们有大把时间，可以慢慢磨，毫无艺术可言。

男人不喜欢花时间在这件事上，当然也包括一些个性开朗豁达的女人。大家都讨厌被别人占便宜，只要是价钱合理，一定成交，但是对方拒绝老老实实出价，唯有和他们周旋。

如果一开口就买下，商人虽然乐于赚一笔钱，但对于你这个大头鬼，也没好感。在土耳其的一个街市中，我就听到店里的人说："谈价钱是我们生活的一部分，你减我的价，表示你肯和我做生意，是对我的尊敬。"

所以，男人多么嫌烦，也需要杀价。久而久之，变成一门艺术。当成艺术，杀价已是乐趣。

很久之前，我在贝鲁特的酒店商场注意到一张波斯地毯，前面是白色，中间见到是大红，过后回头又是粉红色，深深把我吸引。

店主的眼睛一亮，出来把我抓住，是神是鬼，先敬我一句："这位先生真是有眼光！"

好东西，绝对不便宜，我并没那么多闲钱可花，开始转身。

"给我一分钟时间。"对方恳求，"出一个价。"

"我以为出价的应该是你！"我说。

"好，一万八千块美金。"

掉头就走。

"这是一件国宝呀，那么精细的手工，还能到哪里去找？你嫌贵，轮到你出一个价钱。"店主说。

我急于脱身："我看过更好的，如果你有货，拿出来。"

对方做一个"你真是内行"的表情："好，你明天来，我一定送到你眼前。"

妙计得逞，我一溜烟跑掉！

翌日一早，甫下电梯，那厮已在大堂等待。

"货来了，请看一看。"

说什么也要看一眼吧？走进店里，果然是一张更大更薄的，的确难以找到这种精品。

“知道你识货，不再讨价还价，只加两千，算整数的两万美金好了。”他宣布。

我摇头：“你既然知道我识货，那就不应该开这个价。好，我也不会讨价还价，你想一想，能减到什么最低的价钱，我现在出去吃饭，回来后告诉我。”

他只好让我走。商店一般只开到下午六点，再迟也是八九点，我十一时才折返酒店，他还笑嘻嘻地等在那里：“为了表示我的诚意，我减一半，一万美金。说什么也不能再低了，可以不必浪费大家的时间。”

织一张那么好的地毯，最少半年，三个人制造，一个月算工资一千美金，三乘六等于一万八，丝绸本钱不算在里面，也是一个公道的价钱。我在其他地方看到一张只有三分之一小的，也要卖五千，五乘三，一万五。而且这种工艺品像钻石，不是一倍一倍算的。

店主看我考虑了那么久：“再出个价吧，再出个价吧。”

杀价的艺术，是永远不能出个价。一出价，马上露出马脚。

“九千美金，”他有点生气，“不买拉倒。”

“拉倒就拉倒。”我也把心一横。

“这样吧。”他引诱，“你把你心目中的价钱写在纸上，我也把我的写在纸上，大家对一对，就取中间那个数目好不好？”

这是个陷阱，但是是一个好的陷阱，也是他最后一招，但我总不能写一块钱呀。

什么艺术不艺术，如果你真的想要买这件东西，老早已经崩溃；如果你觉得一切是身外物，美好的在博物馆看得到，不拥有不是问题的话，那你就有恃无恐了。

“最后价钱，”我说，“两千美金。”

成交，他伸出手让我握。为了遮掩他一开始的时候出那么高价，他说：“开始打仗了，三个月没发过市，能有多少现金是多少。你拿回去，卖给地毯商，也能赚钱。”

我感谢他的好意，心里面想：“这张东西，也许本钱只要一千块，当地人工，一个月几十美金。”

人，总是那么贪婪和不满足。

刚去过云南丽江，有许多手工艺，太太们拼命抢购，这里买到一件二十块的，隔几家，才卖八块，快点买多几件来平衡，像买股票一样，也是好笑。

我也想买几个绣工精美的手提电话袋送人，家家都卖同样货物，我看到一位表情慈祥的老太太，勤劳地自己动手。走了进去，她说什么价钱，已不是重要的事了！

懂得花

天下有种花，叫懂得花。

拥有这朵花的人，将得到无限的幸福。

人，学会赚钱，拼命赚钱。但是，懂得花钱的人少之又少。它是一门艺术，需要的才华，是豁达个性。孤寒[①]种，没有希望。

我必须承认我花钱的本领比我赚钱的本领高。

有人说要是中了三千万的六合彩，叫他一下子花光，是不可能的事。我说交给我好了，我到明朝家私店打一个转，一个子儿也不剩。

更大的数目我也可以即刻散掉，苏富比拍卖凡·高或毕加索，我一举手，成亿美金就送了出去。

我那么懂得花，是因为我有几位好老师。

---

① 孤寒：粤语，意为吝啬、小气。——编者注

“要选，就选最好的。”父亲说。

“什么是最好的呢？”

“从比较中学会，一件东西，比起另一件好，就选它。从图书比较，从博物院比较，从旅行比较。”

我似懂非懂，已要出国留学。

秦子彬先生是泰国华侨，家父的朋友。

他儿子比我小，十几岁时带他到拉斯维加斯赌场，儿子跃跃欲试。

“这里有一百万美金，赌吧。”他说。

赢了几十万，儿子大乐，手气一差，完全输光，脸如铁色。

“不再赌了吧？”秦先生问。

儿子摇头。

秦先生出了巨款，要把我从一间公司挖走。我对老板有感情，不肯。

“都怪我不好。”他说，“我出手太低。”

翌日，他在飞机事故中丧生。

倪匡兄和我喝酒，大醉。

上的士，呕吐得一塌糊涂，司机正在皱眉头，他掏出一张一百港币。当年，相等于现在的一千吧？

司机客气地扶他下车。

“钱能买到安心，是值得的。”倪兄说。

当我替电影公司把剧本费交给他时，他即刻分了一半给倪太。

“我那一半花天酒地，天公地道。”他说。

最后，他那五十巴仙[1]当然花得干干净净，当今在旧金山，用他太太那一半，倪太并不觉得不公平。

收集珍贵的贝壳，养名种金鱼，都要懂得花，倪兄不惜工本购入，他说：“如果用钱可以买到学问，那是最便宜的。”

倪兄对贝壳的研究甚深，在极有权威的贝壳杂志上发表论文，备受国际贝壳爱好者赞赏。

他找不到眼镜时，想在美国配一副，但那边要有专家验眼才肯出货。倪太返港，他吩咐买，一买十副。这个角落放一副，那个角落放一副，随时阅读。

一个家有三层楼，如果按摩椅放在客厅，须走下或爬上。干脆买三张，一层一张。

“钱买到的方便，何乐不为？”倪兄说。

丁雄泉先生的画室，在阿姆斯特丹，是一间小学的室内篮球场改建的，天花板上装了五百支日光灯。

从香港飞去，黎明抵达，到了他的画室，第一件事就是把一瓶最好的香槟开了。

“为什么要那么早喝香槟？”我问。

---

① 巴仙：东南亚一带的华人用语，即“百分之”，是英文“percent”的音译。——编者注

“为什么要那么晚喝香槟？”他反问。

厨房在画室的楼上，和画室一般大，用具多与餐厅相同，有一个巨大的切生火腿机器。

每天不停画画，每天不停喝酒，每天不停美食，他的生命是燎原的烈火。

食量是惊人的，一个大西瓜一个人干掉，绝不是问题。比利时青口，一吃就是三大锅。

来了东方，看到久未尝到的海鲜，每一尾鱼都想吃。一次在鲤鱼门，买了十四条鱼。

丁先生是浙江人，对沪菜有一份深厚的感情，到了香港当然要去上海馆子。

我们两人一坐下，看了菜单，这点那点，一下子要了十几个菜。

摆满整桌。经理走过来：“其他的客人呢？”

“都不来了。”丁先生说。

“丁先生、蔡先生请客，有什么人敢不来？到底请了什么人？”经理问。

丁先生懒洋洋地：“请了李白，请了毕加索，请了米开朗基罗，都不来了。”

谢谢你们，我的好老师，给了我懂得花。

厨艺书籍和节目

那天和甄文达聊天，他说全世界的大厨烧菜电视节目，算起来，有七百多个之多。

他本人的叫《甄能煮》(*Yan Can Cook*)，不管你赞同与否，也是一个能把版权卖到许多国家的烫手货，观众折服于他切菜的手艺。

世界重量级的还有《两个胖女人》(*Two Fat Ladies*)、《骑马的老饕》(*Glutton for Punishment*)和《准备、看好、烧菜》(*Ready Steady Cook*)等节目，日本的《料理的铁人》(*Iron Chef*)，做得也很出色。

有些节目是主持人烧菜，有些只是介绍餐厅。所有和烹调有关的节目，都很受欢迎。观众都喜欢吃嘛，吃不到，看看也好，总比那些谈政治的有趣。

厨艺书也成了一门大生意，到大书店去，都有好几个柜子装满各国的煮菜书籍，印刷精美。有些人是买回去装饰他们的厨房，没有看过。

很奇怪的事是所有电视或书籍拍出来的菜，没有一碟是热的，绝对看不到冒烟。

热食能引起食欲，但是摄影师或编辑们从来不注意这一点，给读者和观众一个冷冰冰的感觉。

这和拍摄过程有关，常把热腾腾的菜炒好了摆上桌。摄影师左打光右照灯，再把碟边擦擦干净，组织一下菜肴旁边的摆设，背景又加上几块反光板，等等，待他们准备好了，菜都冷掉，哪来的烟呢?

当我要求摄影的时候，把“热”的气氛拍出来，有些摄影师还笨到请周围的人都抽香烟，往食物中喷去，以为这一来就能看到烟了。

这个办法行不通，香烟或雪茄的烟很薄，一下子又散开，抽到大家患肺癌，也拍不出一张好照片来。

经验告诉我，要达到这种效果需要几个步骤：第一，背景不能用反光板，应以黑色和其他深色为主；第二，摆好位置，等菜一上桌，即刻拍摄，不能等待修饰；第三，补充的话，只可以用干冰，干冰的烟不容易散，拿个茶叶过滤器，把干冰装满，加水，大量浓烟制造出来后即刻放在食物上，拍出来才看得到；第四，当然可以在制版时加上电脑效果，但这种手段不自然，很易穿崩[①]。

摄影师的感性也很重要，最基本的条件是要自己也爱吃东西。对食物没有兴趣的人拍出来注定失败。

底片的使用更不必说了，看到内地许多拍食物的人，孤寒地好久才按一次快门，不可能拍出好照片来。底片是最应该浪费的东西才对，捕捉那一刹那，极为重要。

有了好摄影师，也需要好编辑配合。通常原寸大的食物最诱人，但为了篇幅，编辑一般选用连碟也拍进去的，菜肴缩得很小，看来就不真实了。

应该夸张就得夸张，我看过一张拍"镛记"的皮蛋的照片，放得像鲍鱼那么大，充满画面，里面的溏心快要流出来，怎会不好吃呢?

食谱上的文字，我最反对的是用几茶匙、几汤匙、多少克和几杯水，等等。以小撮、大量，或者一块和适当等字眼来代替不行吗？编辑们又解释：这是为初学的读者而写的，非这样说明不可！

天下哪有非这样那样不可的？打破陈规，才叫可以。

与书本不同，电视的饮食节目可以把有烟的效果很容易地显

① 穿崩：方言，意为穿帮、暴露。——编者注

出来，但是多数都等到冷了才拍。这也难怪，工作人员多数很年轻，还没有到达热爱食物的层次。他们最拿手的是把镜头左右摆动，以为这么一来菜肴就有生气，看得观众眼都花掉，幼稚得很。

有竞赛的话，才有紧张感。《料理的铁人》就是胜在这一点。这个节目现在在美国播送，很受欢迎，但也有一个美国厨子在比赛中输了，告制作人做马[①]。

外国师傅虽说告人，但也肯参加呀，这一类节目要搬到中国来就难了，所有大餐厅的厨子当然肯参加，不过参加了就要赢，一输就没有面子。今后客人不肯来怎么办？中国人，从来就没有“口服心服”这四个字。

厨艺竞赛节目中，审判员的位置非常重要。请个蹦蹦跳的偶像歌星来试吃，东西还没有入口就赞好，也是大败笔。真正的食评人长得难看，口齿又木讷，亦为毛病，公不公平更是大问题。像《料理的铁人》，我去做评判时，制作人曾经暗示过让铁人得胜，我才不管那么多，但是在日本艺能界生存下去，大机构是得罪不了的，其他评判就只有乖乖听话了。

怎么把厨艺拍得令人叹为观止，是一个大学问。至少，也得将“好吃”两个字拍出来。坏在一般的节目却很少做到这一点，尤其是西餐的示范：拿个平底镬，加大量橄榄油，把一个灯笼椒

① 做马：即“造马”，粤语俚语，意为作弊。——编者注

烤熟后又用小刀慢慢切丁，和其他配料一块儿放进镬中，拿一把汤匙慢慢搞，一个菜做个半天，看了都倒胃口。

做任何学问，都得博览。很多烹调书籍和电视节目的制作人都不参考外边的资料，所以拍得不好看。把天下的各种有关的都看齐了，去掉缺点，吸收好的，才是一个开始。当然，不能忘记的是：煮菜是一种乐趣。加那么一点点的幽默感最为重要。把肉麻当有趣的，是加大量的油盐味精，会吃死人的。

想　家

在张彻的葬礼上遇到石琪，谈起各位老友，和他一齐爬山的有漫画家阿Pink。

“他呀？”石琪说，“他搬到清迈去住了。”

这个主意我老早就有，想不到给他捷足先登。恨死他，羡慕死我也。

二十几年前，我第一次到清迈，已爱上。在泰国北部的高原上，清迈天气一年如春，和云南的昆明是同一纬度。许多泰国的贵族、高官和将领都有别墅在那里，所以不准有轻工业，空气当然清新。

因不酷热，清迈女子皮肤洁白。优秀传统的教导下，如果男人和她们交谈，而她们不回答的话，是一件没有礼貌的事。

好友陈威兄认识了三十多年，出自富有家庭的他，从前在曼谷经商，娶了一名上校的女儿，有权有势，真的像他的名字那么威风。我到曼谷机场，他可以闯入海关直接跑到里面来迎接。

厌倦了曼谷的繁华，他和妻子离了婚；陈威兄跑到清迈来，做地产生意。在他的介绍下，我很便宜买了一块地，很大，准备退休后长住。

年纪大了，不太相信医药，我跑去找算命先生帮我计计今后的生涯，想知道什么时候去清迈，岂知他说："你有劳碌命，一直要做事，到死为止。"

我听了有点惊喜。好呀！做到死，表示我还有生命力，我真的是不介意自己的劳碌命。但是，清迈的那块地，不就荒芜了？

从前还有直飞的航班，当今取消，到清迈先得在曼谷转机，相当麻烦。要一个星期到那里住几天，是不可能的事；不过，时间无几，总得计划计划。

选中清迈的另一个原因是那里的木材质量一流。南洋木头坚硬，是雕刻的好材料，我从年轻起希望有一天能静下来，刻一两尊佛像。

之前我做了种种准备。在邵氏片厂工作时，常向雕花师傅请教，他们个个都是高手，所雕的挂绿细幼无比，又能随机应变，要什么刻什么，假刀假枪假的道具，和真的一样，拍特写也不露破绽。

后来，一看到美丽的佛像就流连忘返，在各寺庙中、博物馆里，我观摩学习。再购入大量有关佛像的书籍，先来个眼高手低。

我有幸在冯老师晚年向他学习书法和篆刻，虽是皮毛，也受用不尽，后来又遇到丁雄泉先生，他的大红大紫，其实颇有禅味，我的佛像颜色希望可以学到他的画那么灿烂。

清迈这间屋子可以开始设计了。基本上它是一个工作室，最初由小件佛像着手，愈雕愈大，最后的要爬上楼梯才能下刀，工作室不大怎行！

大厅就是刻佛像的地方。友人来坐，可以躺在黄永玉先生设计的椅子上。他老人家把明朝家具放大，保留着它的曲线美，但是抽象得很。总之奇大无比，像一张床，这也要在工作室中才摆得下。

卧房两间，装修愈简单愈好，一走进去只要看到一张大床。睡房嘛，用来睡觉就是。

浴室一半在屋中，一半是户外。后者有个大木桶，可以烧水浸入，整个人浸在里面，望着星星入浴。室内的那部分有花洒，随时把工作后的一身汗冲净。

厨房最为重要了。我不明白其他人要一间饭厅来干什么，好朋友围在一起吃饭的话，现烧现吃最好，所以厨房一共分三个部分：简单火锅之类的饮食就在饭厅那部分进行，大家分别坐在铁板烧的炉端外；中间那间用来蒸炖食物，烤炉也在里面，各种厨具和香料架齐全；户外的那部分用来煮炒，像大排档一样猛烈的炉子，才能称得上有火候。

书房和洗手间设在一起，发出难闻的味道时，也被书香盖住。书架上摆满参考书和工具书，能在书局或网上买到的书籍一概不存。

另辟一小型戏院，收集古今中外的电影，俨如一间图书馆。现在什么戏都有DVD了，收藏起来也不是问题。

花园中种满有香味的花，在每一个季节都被花香熏着。本来想种一点香料或辣椒之类的，但是身在泰国，这些东西随手拈来，大可不必自己动手了。

花园后面一列十间房子。在清迈聘请一位家政助理大约只需一千港币。准备每个月花一万，一个司机、一个园丁、三名厨子、四个帮手、一个按摩毕业的女师傅。

从后山中引下一道泉水，闲时沏沏茶喝，也许试酿一些糯米酒。

我的要求不高，并不难做到。

想想，也就会做，这是我一向的宗旨，但是要做的事太多，有时也耽搁了下来。不过，想想也高兴，有些人够条件，也不敢去想。

签　名

在书展上为读者签名，不管是不是签到手软，卖的书始终有限。

被人索取签名，第一次的体验当然是愉快的。多了之后，这种感觉便消失了。但是不会因为多了而生烦，因为要求签名的人，都是你的米饭班主。

看不惯随便乱签个名敷衍的人。成龙说得好：“要么不签，要签的话，好好地服务，签个让人欢喜的名字。”

有些还未成名的人，签的名字好像画符，这些人注定是失败者，对自己的名字都没有信心而故作玄虚，怎会成功？

金宝泰国餐厅有个贵宾房，签满了名人的字，多数看不出是谁。建议老板吴先生在八卦杂志上剪下他们的大头，贴在旁边。不然的话，签了等于没有签。

少女歌星签名时喜欢画个公仔、几颗心，或者两点加个曲线当笑容的样子，都很可爱，但是到了三十岁，还那么可爱的话，就不可爱了。

找金庸先生签名，最难得。他老人家很用心，除了对方和自己的名字及日期之外，常把来者的名字拆开作一个对子，这不是每一个名人都拥有的学问。

找倪兄签名，他也很乐意，很少拒绝别人。他老兄写稿时的字很潦草，没有多少人认得出，但是为读者签名，至少他本人的名字还算清楚。

倪兄在旧金山还很吃得开，走到新华埠去买报纸，来索签名的人不少。

“有一次在香港，被一团女学生围着，她们要求一签就连签几张。”他说。

“是不是为她们的同学签的？”我问。

“不。”倪兄懒洋洋地，“签完后我听到她们说：‘五个他的，可以换一张刘德华的。’”

看　人

人活到老了，就学会看人。

看人是一种本事，是累积下来的经验，错不了的。

古人说：人不可貌相。我却说：人绝对可以貌相，我是一个绝对以貌取人的人。

相貌也不单是外表，是配合了眼神和谈吐，以及许多小动作而成。这一来，看人更加准确。

獐头鼠目的人，好不到哪里去，和你谈话时偷偷瞄你一眼，心里不知打什么坏主意，这些人要避开，愈远愈好。

大老板身边有一群人，嬉皮笑脸地拍马屁，这些人的知识不会高到哪里去。虽然说要保得住饭碗，也不必做到这种地步，能当得上老板的人，还不都是聪明人？他们心中有数，对这群来讨好自己的，虽不讨厌，但是心中不信任，是必然的事。

说教式地把一件不愉快的事重复又重复，是生活刻板的人，做事消极的人，这种人尽量少和他们交谈，要不然你的精力会被他们吸光。

年轻时不懂，遇到上述这些人就马上和他们对抗，给他们脸色看，誓不两立，结果是给他们害惨。现在学会对付，笑脸迎之，或当透明，望到他们背后的东西，但心中还是一百个看不起。

美丑不是一个很大的关键。

我遇到很多美女，和她们谈上一个小时，即刻知道她们的妈妈喜欢些什么，用什么化妆品，爱驾什么车。她们的一生，好像都浓缩在这短短的一小时内，再聊下去，也没有什么话题。当然，在某些情形之下，你不需要很多话题。

丑人多作怪是不可以原谅的。几乎所有的八婆都是这一个典型。和她们为伍，自己总会变成一个，一字曰“八”，总之总之，碰不得也。

愁眉深锁的女人，说什么也讨不到她们的欢心，不管多美，也极为危险，这些人多数有自杀倾向，最怕是有这个念头时，拉你一块走。

这种女人送给我，我也不要。现实生活上也会遇到的，像林黛和乐蒂等人，都是遗传基因使她们不快乐。

大笑姑婆很好，她们少了一条筋，忧愁一下子忘记，很可爱的。

爱吃东西的人，多数不是什么坏人。他们拼命追求美食，没有时间去害人，大笑姑婆兼馋嘴，是完美的结合，这种女人多多益善。

样子普通，但有一股灵气的女人，最值得爱。什么叫有灵气？看她们的眼睛就知道，你一说话，她们的口还没有张开之前，眼睛已动，眼睛告诉你她们赞不赞成。即使她们不同意你的看法，也不会和你争辩，因为她们知道，世界上要有各种意见，才有趣。

我们以前选新人，六七十年代中一部片就是上千个，有谁能当上女主角，全靠她们的一对眼睛，有的长得很美，但双眼呆滞，没有焦点，这种女人怎么教，都教不会演一个小角色。

自命不凡，高姿态出现的女强人最令人讨厌——她当身边的人都是白痴，只有自己一个才是最精的。这种女人不管美丑，多数男人都不会去碰她们。从她们脸上可以看出荷尔蒙的失调。

“我还很年轻，要怎么样才学会看人？”小朋友常这么问我。

要学会看人，先学会看自己。

本人一定要保存一份天真。

像婴儿一样，瞪着眼睛看人，最直接了。

沉默最好，学习过程之中，牢牢记住就是，不要发表任何意见，否则即刻露出自己无知的马脚。

注视对方的眼睛，当他们避开你的视线时，毛病就看得出来了。

也不是绝对地不出声。将学到的和一位你信得过的长辈商讨，问他们自己的看法对与不对。长辈的说法你不一定赞同，可以追问，但不能反驳，否则人家嫌你烦，就不教你。

慢慢地，你就学会看人了，之中你一定会受到种种的创伤，当成交学费，不必自艾自怨。

两边腮骨突出来的，所谓的反腮，是危险的人，把你吃光了骨头也不吐出来。以前我不相信，后来看得多，综合起来，发现比例上坏的实在占多。

说话时只见口中下面的一排牙齿，这种人也多数不可靠。

一眼看下去像一个猪头，这种人不一定坏，但大有可能是愚蠢的、怕事的、不负责任的。

从不见笑容，眼睛像兀鹰一样的，阴险得很，德国的希特勒是例子。

什么时候学会看人，年纪大了自然懂得。当你毕业时，照照镜子，看到一只老狐狸。

我就是一个例子。

古董买卖

和一位美女古董鉴赏家聊天。

“如果我家里传了一件旧东西，要怎么处置？放在家里几十年了。”我问。

“要是假的，放一百年也没用。”她笑了。

“这我知道，但是有什么途径辨别一下？是不是一定要拿到拍卖行去？”

她娓娓道来：“当然可以，但是你要知道，所有古董的买卖，拍卖行只占了十分之一都不到，多数是行家和行家之间的交易。”

“要怎么样才能接触到行家呢？”

“所有的字画、玉器、瓷器、铜器，等等，都有一个小圈子，只要你认识其中一个，由他介绍和推荐，就可以帮你鉴赏。但是，一定要有特别的关系，这些人不会贸贸然替你看。学问，到底是值钱的。”

“你这么说，可就难了，什么人都不认识的话，也只有拍卖行了？”

“可以拿去试试看的。”

“大拍卖行也不知道我是什么东西，他们会见阿猫阿狗吗？”

“好的拍卖行不会错过任何有可能成为交易的机会，有些甚至设有一个柜台，在办公时间替客人鉴赏。”

“这么说，拍卖行最可靠？”

“也不是，如果当天拍卖行的这个所谓的专家，是一个Jack of all Trades[①]（所谓全能）的，也不一定看得懂。你要知道，每一种艺术都有一种专门人才，花了一生去研究，这个才看得出作品的真假。”

“如果给他看中了，再下一步是什么？”

“他们会替你订一张合同，说卖成了收多少巴仙，你也得付保险费、包装费和拍照记录费及运费等，卖得成的话，由款项中扣除，卖不成你得付现金。”

“通常收多少巴仙？为什么要收运费？”

“由十到二十，看你怎么交涉，他们会建议某种东西在某地市场卖才卖得高，运费就发生了。”

① Jack of all Trades：指万金油，万能博士，杂而不精的人。——编者注

"如果在拍卖中卖不出去，可以拿到另一家试试看吗？"

"用我们行内的术语说，这件东西已经燃烧（Burned）了，很少人会再去碰，这个圈子，到底不大，大家都知道。"

"拍卖是你争我夺，我可不可以拿一件东西去，叫两个自己人去抢高价钱，然后再卖出去呢？"

"什么欺诈的行为都会发生，这一招是老到掉牙，能到拍卖行去的人都不是傻瓜，如果一件作品没有那种价值，是逃不过这群人的眼光的。"

"但是，在拍卖行买到假货的例子也有呀。"

"不但有，而且经常发生。"

"那么可不可以告他们？"

"我们这些所谓的专家，都是从买到假货学起的。一般，都不出声，咕的一声吞下去，当成交学费。如果要证明是假的，也要有被公认为专家的人，肯替你出头，拍卖行才会赔偿给你。不过，和你订的合同上有很多行小字，都是保护他们自己的，要告人，没那么容易告得进去。"

"你刚才说还有十分之九的买卖是靠专家，那么专家们会不会到拍卖行去参加拍卖呢？"

"东西一经拍卖行，一定先把价钱提高了。不过，专家们也会去拍卖行的，因为他们不会放过买到好东西的机会，虽然他们很少出手。"

“在古董商店能不能找到好东西呢？”

“机会不多，但有可能，而且价钱乍看之下很贵，不过不会贵过拍卖行。”

“那么行家和行家之间的交易又是怎么样的呢？他们怎么卖出去？”

“要成为行家，一定要从另一个行家学习，学习过程中认识其他行家，做人诚实，才会被大家接受。这一行圈子很窄，互相有一个网络，互相介绍好东西。他们也会在各个重要的艺术展览会中陈设一个展示厅，爱好者自然麇集。”

“旧的卖光了，新货呢？”

“成为专家后，对收藏品是很热爱的，如果他们放出，是货源的一种。有些是普通人家卖出的，像中国的好些古董都流散到欧美去，要是打听到有一两件，马上就乘飞机去看了。”

“会不会白跑一趟呢？”

“之前会有资料参考的，值得去才去。当然，初入行的时候会走很多冤枉路。”

“怎么成为专家？成为专家，要花多少年？”

“像当铺的学徒一样，从眼光学起，看多了，失败多了，才学会。这一浸淫，至少要二三十年工夫吧？最重要的是自己有一分热诚，对这些东西有无穷的爱好，才能坚持下去。你问了那么多，你有很多收藏要卖吗？”

“呸呸呸，收藏了，还要拿出来卖，倒祖宗十八代的霉了。”我说。

她又笑了：“你不是在骂我吧？其实，买了卖，卖了买，愈来愈精，那种乐趣，也不是一般人能够享受到的。”

及时行乐

当斯坦利·库布里克在一九六八年拍《二〇〇一：太空漫游》时，我二十七岁。黑暗的戏院里，我在想："要是到了二〇〇一年，我六十，将会是怎么样的一个世界？我变成怎么样的一个人？"

就那么刹那间，我活过了二〇〇一，还到了二〇〇二。

丰子恺先生写过一篇叫《渐》的文章，说一切在一点一滴进行着，我们不知不觉地由天真的小孩变成顽固的老头。我认为时间不是一步步走，而是跳着来的。

虽然说将来可以用基因改造，人活到三百岁，但在写这篇文章的年代，未能实现。人类自始以来，还是多数以百岁为限，从前医药没那么发达，"人生七十古来稀"这句话，代表一生的短暂。《圣经·旧约》中的人物几百岁，当然只是神话。

我们把这一生切开来，分婴儿、少年、青年、中年、老年几个阶段，也以生老病死来区别，都是必经的，但是我们总是怀念和沉湎于从前，这是拜赐于诗歌和戏剧，永远歌颂过去的是好的。

多美丽的青春，啊，像小鸟一样飞去不回来，我们得珍惜呀！珍惜！

年轻人，懂得珍惜吗？那是破坏的年代。珍惜个鬼！儿童的天真无邪。多可爱，多可爱！做小孩的时候，我们只懂得要糖吃，当今的，只懂得打游戏机吧。

进入社会，我们为生活奔波，以照顾下一代为借口，只会拼命挣钱，或者无奈地生存下去。

老了，“机器”逐渐坏了，我们生活在痛苦之中，更感叹青春的美妙。

一生人[①]就那么愚愚蠢蠢过去，值得吗？在黑夜里，大家反省，得不到一个答案。

从古迹的发现，我们有了几千年的文化，但我们还在迷惑：这一生怎么过？

既然有生老病死，我们必须接受，我们怎么不好好享受每一个阶段呢？

---

① 一生人：粤语，意为一辈子、一生。——编者注

童年和青春过得最快了，因为这是无知的年代。当今的教育制度和社会风气已毁灭了童年。小孩子一下子变成中年，年轻人变老。

像现在已经二三十岁了吧？也许四五十，或者六七十。看完这篇东西，睡觉之前想一想，你的悲哀，多过你的快乐。人生，不是很有意义的。

怎么报仇？当然是及时行乐了。

老了，至少有点美好的回忆。而这个老，是一定来的，在死之前。

我们明知自己会死，为什么不去讨论？为什么不去笑它？有什么好避忌的？死，也要死得快乐，才对得起自己。怎么死才死得快乐？当然要在活的时候敢作敢为。

许多后悔，都是基于“不敢”。这个“不敢”害死了我们。什么叫作“敢”？敢和不敢，都是别人教你不可做这样，不可做那样，绝对不是自己坐下来就会的事，是别人加在你头上的所谓教育。勇气是一个抽象的名词，就像心痛，心痛只是想出来的，不想就不痛，不像人家斩你一刀，那才叫真正的痛。勇气是踏出来的第一步，敢与不敢是一念之差，你认为敢，就敢了。

年轻人最勇敢。他们的敢，基于无知。失败多了，就不敢。但是能屡败屡战，你就可以把青春留住，那么人就不会老了。

“不听老人言，吃亏在眼前”这句古话，是人老了，变成了狐狸的人说的。人学会保护自己，但已老，无可救药地老，老到没什么意思，老到要你和他一样没有意思地老。

勇于及时行乐吧！有好的吃，就吃。别相信什么胆固醇。宁愿信赖吃得过多，会生厌的。吃得过多，才有胆固醇。

能爱就爱吧！别暗恋了。喜欢对方，就向对方表明。

学习新事物，如果你找不到爱的话，它能填满你人生中的空虚，成为一种学问，你也会从中找到爱。

有什么不满的，就努力。努力是必要的，努力之后达不到目的，心理也平衡。不然就懒吧，懒也是生活态度，只要你不要求过多的话。

保持一份真最要紧。这份真，是个宝藏，可以维护着你很多很多年，错了，就像小孩一样道歉好了，没什么大不了的。老了还是童言无忌，只有少数人学会这种特技。学不会的话，保持沉默。保持沉默，还是能够把这份真留下来。

有了真，疏狂就跟着诞生。大吃大喝，大笑大哭，旁若无人，又有谁管得着你？偶尔的疯狂，是真的营养。

这一生的道路，总要走到一个终结。回头想想，是不是都为了别人而活的？

自私吗？自私有什么不好？先爱自己，才会爱别人。

小时听父母，大一点听老师，再大听社会。够了，够了，不能再为别人而活了。早一天醒觉，早一天快乐。

什么？你觉得我说的都是胡言乱语？那么循规蹈矩活下去吧！你不快乐，别埋怨！

蔡澜六十一生日，大醉后作。

玩

很多年前，我写了一本书，叫《玩物养志》，也刻过同字闲章自娱，拿给师父修改。

“玩物养志？有什么不好？”冯康侯老师说，“能附庸风雅，更妙，现代的人就是不会玩，连风雅也不肯附。”

香港是一个购物天堂，但也不尽是一些外国名牌，只要肯玩，有心去玩，贵的也有，便宜的更可随手拈来。

很佩服的是苏州男子，当他们穷极无聊时，在湖边舀几片小浮萍，装入茶杯里，每天看它们增加，也是乐趣无穷。我们得用这种心态去玩，而且要进一步地去研究世上的浮萍到底有多少种类。从浮萍延伸到其他植物，甚至大树，最后不断地观察树的苍梧，为它着迷。

研究的过程中，我们会看很多参考书，从前辈那得到宝贵的知识，就把那个人当成了知己。朋友就增多了。慢慢地，自己也有些独特的看法，大喜，以“专家”自称时，看到另一本书，原来数百年前古人已经知晓，才懂得什么叫羞耻，从此做人更为谦虚。

香港又是一个卧龙藏虎地，每一行都有专家，而怎么成为专家？都是努力得来，对一件事物发生了浓厚的兴趣，怎么辛苦，也会去学精，当你自己成为一个或者半个的专家，就能以此谋生，不必去替别人打工了。

教你怎么赚钱的专家多得是，报纸的财经版每天替你指导，事业成功的老板更会发表言论来晒命[①]。书店中充满有钱佬的回忆录和传记，把所有的都看遍，也不见得会发达。

还是教你怎么玩的书，更为好看，人类活到老死，不玩对不起自己。生命对我们并不公平，我们一生下来就哭，人生忧患识字始，长大后不如意事十常八九，只有玩，才能得到心理平衡。

下棋、种花、养金鱼，都不必花太多钱；买一些让自己悦目的日常生活用品，也不会太破费，绝对不是玩物丧志，而是玩物养志。

---

① 晒命：粤语，意为炫耀、显摆。——编者注

由小说到电影电视

从小说改编成电影或电视是天下最难的事，而且可以说是接近不可能，因为这根本是不同的媒体。

但是太过诱人了。读完了书，每一个都有一个不同的想法，都一心一意想将自己的印象变化成画面，各持己见，不能苟同。

《梁山伯与祝英台》不知拍过多少次，邵氏拍的那部能够风靡港、台，是因为当年的观众初次接触到封闭已久的内地黄梅调文化，是很例外。

近来最成功的，算是《哈利·波特》了，男主角在造型上已经先讨人喜欢，其他人物也比我们自己想象的更加吻合，尤其是那位巨人。

单靠外表还是不行的。《哈利·波特》最令人满意的因素在于不改小说的剧情，只是删节些支线。怪不得作者本人也赞同，不像金庸先生那么一肚子气。

金庸小说是最难改编的著作，电视剧还有点可能性，电影的充其量两个半到三小时的长篇，也没有办法抓到任何神髓。

电视剧一拍再拍，都没看头。倪兄曾经感叹："为什么老改查先生的东西？照书拍好了。只要把那一句'千军万马'改少一点人数就是。"

说这句话也是二十年前的事，当今有了特技，千军万马，也非难事。

要在金庸作品中乱加人物和剧情是不可能的，没有一个人的脑筋好过他老人家。

金庸先生则有他的看法，当我们愤愤不平谩骂编剧乱改的时候，他笑嘻嘻说："不改的话，制作人都以为编剧懒惰，编剧们要混饭吃，怕被炒鱿鱼就加东西。"

对于旁枝人物的删减，金庸先生倒是不反对的，他自己做过电影导演，知道不能按书的每一个字去拍。但是结构性严谨，他比任何人懂得更清楚，他的小说就等于一场场的电影或电视剧，别人只能删减，不能增多。

如果拍成电影的话，将金庸作品斩件，单单取某个人物或某段情剧，已是一个上乘的剧本。金庸先生也不在乎这个做法，他也说过："你们拿去改编好了，人物的名字不同，只要不用书名，连版权费也可以省了。"

不，不。我们的编导很喜欢生吞活剥，想把整套书浓缩，自从粤语片开始，再经过张彻先生的改编，到许鞍华的《书剑恩仇录》，都想自创剧情来说另一个故事。

《书剑恩仇录》应该是最适合改编电影的一部小说，金庸先生自己也编过剧本交了给导演，可惜她用了自己的。

电视台每当题材用尽了就想到拍金庸作品。中国香港、台湾、内地，以及新加坡，乐此不疲，拍完再拍，大家都有心目中的小龙女和杨过。最接近的，应该是刘德华和陈玉莲的组合。梁朝伟的韦小宝，也是至今最成功的造型。

完全是因为天时地利，当年的无线电视全盛时代，才出现上述的两部作品。制作费一节省，绝对办不到。

中央电视台不惜工本制作，那么应该拍近一点吧？有国家的支持，再从十几亿人口之中选出的角色，怎可能拍得不出色？

问题出在编导了，我们一起吃过饭，从在饭局中他们交谈的内容中觉察，自己拍电视，但很少看外国作品。这等于一个写作人不饱读中外小说就动笔一样，是很糟糕的事。

拍出来的东西我没看过，也不想去看。听说加了一个会变脸的角色。四川的这种表演艺术，在舞台上才能即时发挥；而在电影或电视，早在近百年前，把摄影机一停，叫演员化另一个妆，再开机，已见变脸了。

就算是全球精英集中在一起，有庞大的美国资本拍摄的《哈利·波特》也有它的缺点。

戏长两个半小时，都删不了吗？

举个例子，在魔界街[1]上，哈利到一家商店买魔杖的那场戏虽然拍得不错，但是这支魔杖是在此书的第五六七八集中与大魔头决斗时才派出用场的呀！花那么多篇幅去描写它，到了最后哈利还是用自己的手去毁灭敌人，要魔杖来干什么？戏一定要那么长的话，不如去写那支二零零零号的扫把。

哈利照魔镜，看到自己父母的那场戏虽然重要，但比起片子太长，还是需要割爱的。这场戏有点劝人别沉迷在过去的教导，但与故事还是无关的。如果要介绍哈利父母，在最后巨人送活动相簿那场戏中着墨，更加温馨。

由原著改编电影，空前绝后的应该是《乱世佳人》吧？这部电影也是天时地利造成的，当年的好莱坞制作费是美国人所谓的“天边才是界限”，只要编导能想到什么，就有钱让你拍到什么。再加上制作人是一位专门搞大制作的高手，后来才从纪录片中看到他挑选女主角的严谨。一场场的黑白试镜片段中，我们看到大明星也来竞赛，最后才从数万人之中选出最适合演女主角的新人。

哈利也应该是这么选出来的。总有一天，我们的制作人会选

---

① 魔界街：即对角巷（Diagon Alley）。——编者注

出较为接近读者心目中的黄蓉和郭靖。粤语片里黐满鸡毛的神雕，也可以用特技来让它有表情。希望在有生之年，看到一部较为满意的金庸电影或电视片集。

从电影到文学

“这部电影拍出来的东西，根本和书不一样嘛。”

是的，你可以这么批评，一点也没错，任何人看过一本小说，男女主角的印象已经固有，一出现在银幕，和你想象的不同，已是缺点。

有许多电影的确把原著糟蹋了，那是因为编剧、导演和监制不是高手。但我们不能不承认，电影也介绍了无数的作家，让观众打开一个文学的世界。

小孩子看了《金银岛》(*Treasure Island*，1934、1950) 而认识史蒂文森 (Robert Louis Stevenson)，开始看他其他的小说，像《化身博士》(*The Strange Case of Dr. Jekyll & Mr. Hyde*) 等。

看了一部福尔摩斯的电影，追索柯南·道尔 (Arthur Conan Doyle) 的一连串侦探小说。后来发现他也写科幻，《失落的世界》

（*The Lost World*）也是他的作品。

侦探小说的兴趣，带你看克里斯蒂（Agatha Christie）的书。知道伦敦在哪里之后，怎能拒绝所有的狄更斯小说呢？由高手大卫·里恩（David Lean）导演的《远大前程》（*Great Expectations*，1946），把文学和电影合一，又有谁抱怨戏拍得不好？

打开了英国的文坛，少男看王尔德（Oscar Wilde）的《理想丈夫》（*An Ideal Husband*）、《道林·格雷的画像》（*The Picture of Dorian Gray*）等，少女看奥斯汀（Jane Austen）的《傲慢与偏见》（*Pride and Prejudice*）、《理智与情感》（*Sense and Sensibility*）等。又有谁会错过艾米莉·勃朗特（Emily Bronte）的文学巨著《呼啸山庄》（*Wuthering Heights*）呢？改编成电影时，把英国风景拍得那么美，加上杰出的英国演员演出，强烈的英国味，令人叹为观止。更深一点，就挖到了所有的莎士比亚剧本，拿来和改编的电影比较。

在大卫·里恩的介绍下，我们认识了《阿拉伯的劳伦斯》（*Lawrence of Arabia*，1962）里劳伦斯（T. E. Lawrence）这个人，回去看他的著作《智慧七柱》（*Seven Pillars of Wisdom*）。这不能与另一个劳伦斯（D. H. Lawrence）混淆——他的《查泰莱夫人的情人》（*Lady Chatterley's Lover*）改编成电影两次（1955、1981），在性开放的今天，还是拍不到当年惊世骇俗的震撼，实在可惜。

后来，大卫·里恩又推荐了福斯特（E. M. Forster），拍了他的作品《印度之行》(*A Passage to India*，1984)，作者的文字异常优美，读了如痴如醉，激发起其他导演拍他的《看得见风景的房间》(*A Room with a View*，1985)和《霍华德庄园》(*Howards End*，1992)等片子。

因为安东尼·霍普金斯(Anthony Hopkins)在*Howards End*中的精湛演技，令《告别有情天》(*The Remains of the Day*，1993)拍得成，我们才知道这部英国味十足的原著，原来是由一个日本作家石黑一雄(Kazuo Ishiguro)写的。[①]

精通了外国语文，写出来的东西不管是什么国籍的人都好看。精通了电影的手法，任何地方的人都能拍出其他国家的神髓。明显的例子当然是李安的《理智与感情》(1995)。好莱坞对拍异国文学很拿手，大卫·里恩的《日瓦戈医生》(*Doctor Zhivago*，1965)选了俄国的帕斯捷尔纳克(Pasternak)的作品。远在一九五八年，也有俄国作家陀思妥耶夫斯基(Dostoyevsky)的《卡拉马佐夫兄弟》(*The Brothers Karamazov*)的出现。更远的《西线无战事》(*All Quiet on the Western Front*)拍于一九三〇年，用德国雷马克(Remarque)的原著。

但是好莱坞不能忘本，电影人当然要拍他们认为最伟大的美国作家海明威(Hemingway)的作品，像《永别了，武器》

---

① 电影《告别有情天》的原著小说现在一般译为《长日将尽》。——编者注

（*A Farewell to Arms*）拍了两次（1932、1957）。《丧钟为谁而鸣》（*For Whom the Bell Tolls*）拍于一九四三年，《老人与海》（*The Old Man and the Sea*）拍于一九五八年。

同期的菲茨杰拉德（Fitzgerald）的《了不起的盖茨比》（*The Great Gatsby*）也拍了两次（1949、1974）。

早期的斯坦贝克（Steinbeck）有《愤怒的葡萄》（*The Grapes of Wrath*，1940），作者的另一作品《伊甸园之东》（*East of Eden*，1955）更令男主角成为不朽之星，小说中的人物绝对没詹姆斯·迪恩忧郁的神韵。

更早的还有文坛巨子赫尔曼·梅尔维尔（Herman Melville）的《白鲸》（*Moby Dick*，1956）和幽默大师马克·吐温（Mark Twain）的两部作品《汤姆·索亚历险记》（*The Adventures of Tom Sawyer*，1938）、《哈克贝利·费恩历险记》（*The Adventures of Huckleberry Finn*，1960），好莱坞不会错过。

小说一上畅销版，就改编电影，最多产的作家是斯蒂芬·金（Stephen King），他的处女作《魔女嘉莉》（*Carrie*，1976），小说和电影都是卖得满堂红，虽然文学批评家不当他是一回事儿，但是经过大师斯坦利·库布里克（Stanley Kubrick）一挥，《闪灵》（*The Shining*，1980）变成经典，由其他人导演的《绿里奇迹》（*The Green Mile*，1999）也不得不让所有的影评家折服。

科波拉（Francis Ford Coppola）一向被认为是高手，《教父》

（*The Godfather*，1972、1974、1990）的第一、二集都拍得好，但到了第三集就尴尬不堪，原著者怪导演，导演骂原著者，谁是谁非？

最幸运的作家该是菲利普·迪克（Philip K. Dick），他的三文钱小说《仿生人会梦见电子羊吗？》（*Do Androids Dream of Electric Sheep*？）被改编成《银翼杀手》（*Blade Runner*，1982）后，其他书相继拍成科幻片，但都是他死后的事。作为一个作家，能够留名，也属幸福了吧？

痛恨看不懂原著吗？那么学英文吧！ Longman（朗文）出版社有一系列的简化本，一定能让初学者建立看书的基本。许多令儿童有兴趣的著作，像《三个火枪手》《环游世界八十天》《基督山伯爵》《宇宙大战》等拍成电影的书，都可以从简易版读到。底子打好之后，再读原著版好了。套一句老话：世间无难事，只怕有心人。而启发你“有心”的，就是电影。

从电影学会说故事

和写文章一样，电影故事可以平铺直述，也就是用所谓的起、承、转、合四个步骤，这是最原始的。年轻人不肯实行，以为老土，但这是牢牢固固的基础，连这一点也站不稳的话，已经失去说故事的资格。

一部电影的成功与否，完全靠导演和编剧的说故事能力，有些说得吸引人，有些说得难听死了。至于听得懂听不懂，就要看你的观众是怎么一个水平了。

观众的欣赏力不同，平铺直述最受普罗大众的欢迎，也最为危险，因为他们一旦认为你是老生常谈，通俗得令人生腻，就不会再听下去。所以说故事的人得寻找变化，用许多方式尝试，不一定是起、承、转、合，把这四个次序颠倒也行。任何故事，只有一个结论，那就是好听与不好听，就此而已，真实与否，不是问题。

一部电影，最多让你有两至三小时的说故事空间，不像《战争与和平》《约翰·克利斯朵夫》洋洋数百万字说得那么细腻，但是两个小时之内，是有足够的篇幅去让你发挥的。做不做得到，那要看你的能耐了。先打好基础再说，最怕有些导演不学无术，连简单的一段故事也说得不清不楚。

“这才叫艺术嘛。”这些人为自己辩护。

也许是吧。故事能通俗，也应有艺术。曲高和寡的话，就要接受这一个“寡”字，一面喊清高，一面埋怨没观众入场，就该打屁股了。

回到基础，什么叫起、承、转、合呢？举个例：一个穷困的年轻人在社会中挣扎，这是起；为了富贵荣华他不择手段，这是承；事业成功了但失掉了爱，这是转；成为一个孤独的老人死去，这是合。

也可以由合开始，葬礼中凭吊者唏嘘，当作起。怎么死的呢？因为失去人生意义，当作转。当中他是怎么奋斗的呢？当作承。啊，人年轻时是多么纯真美好，当这个结论作起。

把那个人的恋爱仔细描写，故事注重在“承”的阶段，也是一种手法。

而侦探、悬疑、惊悚片中，都是以“转”来结尾的。

忽然，电影界出现了一个昆汀·塔伦蒂诺，他把所有的次序都搞乱了，观众起初莫名其妙看下去，到尾，才知道整个故事，发现戏里头的每一个镜头都和剧情有关系。

这就是电影的语言。不能有一句废话，镜头愈简洁愈好，拖泥带水，从盘古初开讲起，听得人昏昏欲睡。但是少了一个镜头，和缺乏一句重要的情节一样，故事就模糊起来，片子一上映，就无可救药了。

出钱给你拍电影的人，先听故事。你说得不动听，拍戏计划就卖不出去。所以电影工作者必须先要学会说故事。片子拍成，老板来看，怎么也看不懂。他们有资格说自己代表观众，因为钱是他出的，又是问题。

旧一辈的电影人很幸运，有“补戏”这件事，老板很肯花钱，少了一段戏，他让你拍得完善才推出。当今的投资者不懂，上映期又迫切，毛病永远无法矫正，让电影人一生后悔自己的过错。

故事说得不清楚的话，可以用旁白来补救。这不是高招，但也有些人故意用这种手法来讲历史性的故事。倒述（flash back）也是惯用，有些导演还怕不够，把倒述用黑白片来交代，实属多余，观众不会笨到看不出来。

一个说故事的高手，必须胸有成竹，把情节在心中说了又说，练习到完善为止。就像一个导演应该把所有的镜头都形象化了，按部就班去拍。

但是制作严谨的好莱坞为什么还生产那么多烂片？多数是有

些导演先把一场戏拍得很精彩，放映给投资者看了，大家满意就不去管他。结果这个人乱改一通，好好一个故事也给他破坏掉。

但把整个故事其中一段说得出色的话，也是成立的。这种人只求细节，把那段戏扩大为整部电影，成为描写人物为主。只要观众爱上戏里的主角，对发生在他身上的一切都感兴趣，就不需要起、承、转、合来说故事。

小说用文字来讲，电影以镜头交代，并非镜头愈多愈有震撼力，主要还是节奏是否流畅。

西部片中常见的决斗，用一个镜头直落，看谁的枪拔得最快，就平平无奇。先拍英雄走近歹徒。歹徒反应。英雄双眼露出决定性的光芒。看到他的手移动。拔出枪。一按掣。弹膛转动。撞针碰到子弹。砰的一声。火花发出。歹徒惊愕。中枪。

这一下子就是十几二十个镜头。但也有黑泽明的说故事方法，他认为高手过招，你是看不到的。

肃杀秋风中，双雄对立，瞬眼间英雄拔刀，只见敌方胸膛裂开，噗的一声，血像喷泉般射出，反派倒地，英雄哼着歌扬长而去。

旁观者看得目瞪口呆，观众也是目瞪口呆。

气氛、形象、效果、音乐齐全，不必对白。只要多看好电影，就学会说故事了。

坏人为什么不一枪打死英雄

张彻还没有当上导演时，问我说："日本的武士片，坏人包围着英雄，一直瞪着他和别人厮杀，但是站在他后面的歹徒从来不一齐上把他杀掉，为什么？"

我也不知道为什么，日本动作片一向是那么拍的嘛。后来张彻拍戏，坏人总会一齐上，当主角的王羽三百六十度转身，像芭蕾舞，把他们都杀死，观众看得好过瘾。

英雄杀的人多，自己也被斩了又斩，但还死不去，青年一辈的导演开始问："中了那么多刀还不死，为什么？"

从前的英雄，子弹打不完，吴宇森加了一两个装子弹匣的镜头，观众就不问为什么了。

动作片的漏洞总是出不完，就看你肯不肯细心去说明一下，但导演绝对不肯，连好莱坞的也是。

千篇一律的毛病是到了尾声，英雄一定被歹徒抓住，大反派永远是那么笨，抓到了痛恨的眼中钉，也不一枪打死他。为什么？

把英雄绑住，让他给刀锯或毒蚁咬，也许有更残忍的死法，就是不肯自己动手，反派拍拍屁股走人。

结果你当然猜到，英雄松了绑，在千钧一发时逃出生天，回去找坏蛋算账。

《星球大战》也如此，《詹姆斯·邦德007》也如此，到最新的《×××特攻队》，也是如此，一成不变。

我拍动作片的话，一定叫大反派狞笑："你以为我还留一条命给你？"

说完，一枪把英雄干掉，或者连开数枪之后，狞笑而去。

但是，英雄一死，戏不完蛋了？

不。不。请别担心。大反派走后，英雄奄奄一息，给女主角救去，养了轮伤，又回来报仇，这么一细心说明，观众也看得舒服，虽然还是被嘲低智商，至少给点面子。

动作片的毛病，还有大反派的死法，永远不肯给观众看个清楚。那么惹人憎恶的人物，死得那么简单，算是什么？

反派的死法不过以下数种：一枪打死、一刀斩死、爬出铁轨被撞死、日光照死、大白鲨咬毙，等等。但我们看戏，都想看到他死得悲惨才痛快，动作片就是不给你这个满足感。

最新的《×××特攻队》中，大反派乘着快艇逃命，撞向小岛，轰隆一个大爆炸，就那么死了。你说这不是估低观众的智慧吗?

拍同样的戏，应该给大反派一个面对死亡的惊慌表情，跟着爆炸，人被撞得稀烂，尸体还被烈火烧烤，那才对得起观众呀!

老手拍戏，已经毛病那么多，年轻导演更犯错误，最常见的是他们缺少镜头。但告诉了他们，伤到自尊，大发脾气，死性不改。

从前大片厂的监制制度就不同了，导演拍完监制看了要他们补戏，也得乖乖就范。其实这是重要的一课，一个很难得的机会，片子上映，功劳还是导演的。

歹徒逃到高山，就那么摔死。监制们会叫导演拍多几个镜头，像补上他的脚踏到松石，一声大叫，才接回导演拍的摔死，这才完整呀。简简单单的几个特写，已经完全不同了。

拍电影像在说故事，说得动不动听和拍得好不好大有关联，有些导演不是说故事的高手，所以拍出来的东西让观众看不懂。大片厂的制度下，要补戏，补拍也拍不好呀，就得烧掉了，公司的招牌还是更要紧。

我们用口说故事，导演用镜头说故事。职业说书把一个英雄人物从楼上跳下来也能说个半天，低能的一下子就落地。

西部片中双雄决斗，没经验的人拍你扳一枪我拨一枪，在远镜中，歹徒中枪死去，和一下子跳下去一样。高手拍决斗，先营造气氛，互望一轮，反派的手一动，英雄慢动作从枪套拔出枪来，轰的一声，枪口喷火，子弹看得清清楚楚，打了出去，直飞反派心脏，打中破裂，歹徒脸部痛苦，整个人被子弹打得飞了出去，碰到墙壁跌下，血不断由胸口淌出来。英雄吹熄枪管的烟，用手把枪转动数次，手枪亮闪闪被阳光反射，啪的一声装进枪套之中。做一个我不得不杀你的悲哀表情，转身，英雄扬长而去。音乐从缠绵转入壮烈。

如果要加的话，还有大把旁观者或夕阳的特写，数之不尽，但双雄决斗是瞬眼间的事，那么一堆慢动作太过造作，黑泽明就不肯干了。他说武士片的双雄决斗，也应该像西部片一样，拔刀等于拔枪，非一击即中不可。

又要快，又要镜头少，又要得到观众满足，怎么处理？

《穿心剑》[①]中，三船敏郎和仲代达矢对峙，两人站得很近，一下子拔刀，观众绝对看不清楚，黑泽明也够胆不用慢动作，看不清楚的话请再看，我们进戏院数次，才看得到三船敏郎的确拔出刀来，反手一下把刀刺穿对方的心脏。

这时名副其实地喷血如泉，那一大道血流四处飞溅，看得观众目瞪口呆，反派大力摔地，血从他的惊讶的脸部旁边涌出。

煞是好看！但是，世上又有多少个黑泽明呢？

---

① 《穿心剑》：又译为“《椿三十郎》”。——编者注

第二章

笑看自己

我们学习弘一法师的书法，必须学习这个精神。用和平的心态来写《心经》时，就可以气定神闲地走入“静”的境界里。

当人类创造回忆

有人建议我以年龄为序写一个一生大事年表。

真好笑。年表这件事是后人代为编排，作者自己写的，多数像自传一样，只有夸耀，不忠不实，还是写成小说吧！

自己几岁几岁时，世界发生了什么事，倒可以记载一番。那是历史，篡改不了的。

由出生到三岁这段时间，我没有记忆，一些事只能从父母和家人的口述中得到。有件事相当滑稽。

我出生于太平洋战争爆发的一九四一年。

日本鬼子入侵，我们一家，父、母、姐姐、哥哥、奶妈和我六人逃难，从市中心一直跑到乡下躲避，情势之险恶有如丰子恺先生的漫画，炸弹的碎片把人头削去，肚肠横流的画面举目皆是。

逃难没有东西吃，母亲身体也流不出乳汁，奶妈是养姐姐的，一直跟随着我们，变成了姑妈之类的家族成员，对八年后出生的我，已不负责当年的工作！

一路上，我到底靠什么活下去，后来我好奇，提出这问题。

“吃蝴蝶粉呀！”奶妈说。

“什么叫蝴蝶粉？”我问，“是奶粉吗？”

奶妈解释：“当年奶粉还没发明，那是一种用白米磨成的粉末。英国制造。铁罐上印着一只蝴蝶，大家都叫它‘蝴蝶粉’，舀一汤匙出来，用滚水泡开，大力搅拌，变成像糨糊一样的东西。”

“什么？”我说，“我是吃糨糊的？”

大家都笑了。

即刻又很自然地反应：“逃难的时候，哪来的木头烧滚水？”

母亲呆了一呆，笑着说：“现在想起来，那时候大家顾着逃命，都没吃东西，你也空肚。”

“好彩[①]没饿死。”我拍拍胸口。

大家都跟着拍拍胸口：“好彩，好彩。”

“没遇着日本兵吗？”我问。

姐姐记得最清楚：“日本兵没遇到，但是头上的飞机不断飞过。”

“炸弹炸个不停吧？”我问。

“何止炸弹。”姐姐说，“飞机飞得很低，机枪扫射，嗒、嗒、

① 好彩：广东方言，意为幸亏、幸好。——编者注

嗒、嗒。”

“大家怎么躲避？”我问。

“都跳进沟渠里呀！”姐姐说。

“我也跟着跳进去了？”我问。

“你连路也不会走，哪会跳！”姐姐说。

“那么我在哪里？”

“妈妈背着你呀！”

“这就是我的问题了。”我急了起来，“妈背着我跳进沟渠里，我不是暴露在外面？”

脑中出现那么一连串的画面：听到远处飞机的声音，众人一面跑一面回头看。飞机飞得愈来愈近。众人的脚步愈来愈快。背上的婴儿受到颠动，大声哭泣，炸弹投下，轰隆轰隆，椰林中弹，爆发巨火。震荡令逃难的人把头一缩，继续往前奔跑。

嗒、嗒、嗒、嗒，一排子弹扫了下来，逃在后面的人被子弹穿胸而过，血液飞溅。

家人见情势不妙，纷纷各自跳进沟渠（那沟渠也不是很深，不然不敢跳进去）。

第一架飞机当头飞过，以为没事，忽然又听到第二架飞机低飞的引擎声，转头一看，飞机双翼喷出闪电般的火光，嗒、嗒、嗒，又是一排子弹扫射下来，柏油路被打得一个个的洞洞，碎石乱飞。

暴露的婴儿挥动双手，张口大哭……嗒、嗒、嗒、嗒，炮火声掩没了哭啼声。

眼见又一枚炸弹由高空投下。

炸弹由远至近，发出尖锐的嘘嘘声。

说时迟，那时快，一棵路旁的巨树被炸中倒下，刚好倒在婴儿旁边。炸弹爆炸时炮壳横飞，一片片铁皮镶进了树干。

婴儿已经哭得疲倦，耳朵又被炮火震得听不到声音，周围椰林的火焰，变成橙黄色的海洋。炸弹的爆裂，是无数的烟花。那阵浓烟是各类动物的化身，中间有只巨鹰，飞来飞去，飞进一个很大的鸟巢。婴儿仔细一看，原来是妈妈蓬松的头发，他哈哈叽叽嘻嘻笑了出来。

惊魂甫定，看到沟渠中流动的山泉，清澈可喜，就舀了一些来冲蝴蝶粉。冷水泡制，当然搞不出糊状。弄得一塌糊涂，喂将起来。婴儿有东西吃，也不管好坏狂吞，笑得更厉害了。

"完全不是那样的。"姐姐说，"后来的事，大家都吓得记不起来了。"

好生失望，故事那么说，才有趣嘛。

所谓大难不死，必有后福，后来我一生做人不太努力，也没有经过什么风浪，活到今天。

最初的记忆

当我有记忆时，是住在一家叫“大华戏院”的三楼。从客厅走出去，就看到银幕。

大华戏院是一座很古老的建筑物，至今还企立着，戏院外面有四幅画，设计完后请景德镇师傅烧好后拼上，每幅有四五十尺高，七八尺宽，画着京剧的人物。瓷砖从中国运到南洋，由中国工人一块块牢牢地砌上去。七八十年后，一片也不残缺剥脱，颜色鲜艳，表面光亮，真是不可多得的艺术品。

家父蔡文玄，跟着邵仁枚、邵逸夫两兄弟来南洋发展电影事业，除主管电影的发行之外，还当大华戏院的经理，所以我们的家被安顿其中。

妈妈做买卖，姐姐、哥哥上学。奶妈忙着做家务。剩下我，每天看电影，放映多少场看多少场，反正小孩子对重复又重复的事，不感厌倦。

那是一个专门做来监察戏院一切的包厢，下面望上，像个阳台。从那里，可以看到一楼和二楼的观众席，包厢有如一个大贝壳，边上有条铁栏杆，我不够高，家人搬了一张椅子给我半蹲半跪看戏。

你知道小孩子是静不下的，有时我会在黑暗之中爬上去抱住栏杆，看电影看到疲倦了我就那么睡着，要是一下不小心就摔了下去，也就拜拜了。

每天看的多数是上海的一些旧片，日本军入侵，也有些日本片，其中有一部是一个兵士逃亡的，记得很清楚。后来重看，才发现是叫《拂晓的逃脱》，由池部良和李香兰主演的黑白片，川喜多监制。他那时权力很大，军阀管不到他，很大胆地拍一些带有少许反战意识的戏。

至于电影中的主题曲，则是由李香兰唱的《卖糖歌》，歌词和旋律还能背出来。

那时候，我三岁……

生日那天，家人做了些甜面。潮州家庭有那么一个传统，生日要吃用糖煮汤汁的面，相当难吃，面本来应该吃咸的嘛。

甜面之外，还有一个煮得全熟的鸡蛋。用张写春联的红纸，趁鸡蛋还温的时候在壳上磨一磨，就染红了。

那时候要吃到一个鸡蛋并不是很容易的事，所以那颗鸡蛋要小心翼翼、慢慢地欣赏。先剥了蛋壳，盐也不沾，保持原味，一小口一小口嚼蛋白。

忽然，警报响了，飞机来轰炸。来的是英国机，投下的是英国炸弹，当时沦陷，又是战争结束的前一年，英国空军飞来反攻。

爸妈姐姐哥哥和奶妈赶紧拉我去防空壕逃避，我哪舍得留在最后才吃的蛋黄！

黄澄澄的仁，像睁着眼睛望着我，要求不要抛弃它，我一急，一手抓住，往口中送。我那么一卡，呛住了喉咙，一面跑一面喘不了气，差点憋死。

从此，一生人，看到蛋黄就怕，再也不碰。

之后，在那段时间，只有零零星星的回忆。

姐姐很乖，书读得好。哥哥顽皮透顶，一次回家给爸妈骂，上写毛笔字课时，忘记带水，就小便去磨墨砚，他人老实，自己告诉大家的。

哥哥又喜欢剪报纸，一有空就把报纸中所有的广告都剪下来，盘着腿，坐在地上剪，一不小心，剪到啫啫①，血流得满地，长大后也不用割包皮了。

还有一次，哥哥追一只猫，追到阁楼，踏进脆薄的天花板，整个人跌下来，昏倒了，爸妈也不知道怎么办才好。只有一个抓

---

① 啫啫：粤语，指男性生殖器。——编者注

手一个抓脚，把他摇来摇去，摇醒了。

一天，家里出现一个日本兵，穿着长靴，拿了一件日本浴衣和水果白桃罐头来当礼物。后来据爸爸说，他是个军医，又深好中国文学，打听到父亲是个诗人，专程来拜访。

那人看着我，从裤袋中抓出一把糖给我吃，外层白颜色，还可口。里面包的东西又黄又绿，味道古怪。

长大后，由爸爸补充，得知这个军医看到南洋女子都怕晒太阳，致力研究出一种药，吃了令皮肤的黑色素消除，原来他是拿我当白老鼠。

每次来，和家父在纸上笔谈，汉字大家熟悉。我在旁边看，他又给我吃糖。说也奇怪，当今想起，我一生人皮肤一直洁白，脸还带红，就算在沙滩上拍戏，黑了一两天，又转白了，不知道是否这药真的有效。

有天一家人吃晚饭，吃到一半，飞机又来轰炸，说时迟那时快，还没来得及逃跑，一枚大炸弹隆一声出现在我们头顶，给天花板夹住，还清清楚楚看到弹头，好在弹头里的撞针失灵，不然爆发起来，一家大小都没命。

父亲打电话给那军医，他派工兵来把炸弹拆除搬走。爸爸要求工兵把炸弹的翼部锯开留下，后来又㓗[①]了一片圆玻璃，当成餐

---

① 㓗（jiè）：粤语词，意为分割、分开。——编者注

桌，以志不死之难。

那军医送的衣服，没人穿，因为一拉袖就烂。我们拿来玩，像纸一样，可以用手指一片片撕开，天下再也没有那么坏的布料，皆因日本穷兵黩武，已到毁亡之前，所有物资都短缺。军医再次来访，说是最后一次见面，父亲送他一双皮鞋，他把长靴脱下来当礼物，走后，我穿着靴，直插入腿，到了胯下，是个好玩具，至今不忘。

回忆的建筑

回忆录写到这里，大致和事实没什么出入，再接下去的就不能担保了，因为每一个人对自己的过往，都只留下好的。虽无上司，也报喜不报忧，请看官姑且信之。

在战争的阴影下，家父虽有戏院经理一职，物质短缺，生活还是艰苦的，父母兼两份事做，一家人才能糊口。爸爸是文人，想做买卖，出了一个馊主意，说去卖蚊帐。这种货哪有客要？几天就收档了。

还是女人的生存本领高，妈妈早上到一个叫榜鹅的乡下小学教书，顺便在树林中摘下免费野生杧果，回家后用甜醋浸了，晚上拿去卖，也赚不少钱。

每夜受露水煎熬，母亲患上了哮喘病，半夜咳个不能入眠。我和妈妈一起睡，这哮喘也当然传染了给我。她咳我也咳，咳得不能躺卧，起身坐着才稍微缓和。

父亲在国内当教师时，有位学生叫林润镐，后来也跟着来到南洋，他一直尊师重道，我们当他是一家人，从小“镐兄”“镐兄”地称呼他。镐兄是位通天晓，看见马来朋友抽一种烟，咳嗽停了，睡觉安宁，就买了烟教妈妈抽。

记得很清楚，那是连火柴也买不到的年代，我们母子躲在卖不掉的蚊帐中，点了一盏油灯。油灯外有个透明的玻璃罩，罩口被烟熏黑，之前由我负责，把纸头的香烟盒剪成一条条，用它来点烟。

妈妈吸了一口，我在旁边二手烟也吸了几口。说也奇怪，果然两人都睡得香酣。

长大后，到世界各国流浪，一闻同伴的烟味，非常熟悉，原来当年抽的是大麻。

鞭炮声大作，抗战胜利。

母亲做买卖赚的钱，时常借给亲戚和朋友救急，这时他们都拿了一叠叠的簇新的钞票来奉还。这些银纸是日本军印的，将新加坡改名为昭南岛，上面印着一棵香蕉树，挂着一大串果实。此票华人称之为香蕉纸。一打败日本人，钞票都废掉了，这时他们才还钱，妈妈唯有苦笑。

一大箱的香蕉纸，当玩具。哥哥和我，横放一张，直摆一页，左叠右折，愈来愈多，起先像风琴，后来变成一条纸龙，那时又没有什么大富翁之类的游戏，也玩得不亦乐乎。

有个亲戚，拿了几条东西，像当今的Mars（玛氏）朱古力，用锡纸包住，当债还。妈妈问他是什么。

“鸦片呀！可以卖得很多钱的。”亲戚说。

家母在国内是新一代青年，最痛恨鸦片带给中国人民的毒害，即刻拿去烧掉。

燃烧时发出很奇异又很香浓的味道，记忆犹新。

在马路上，一辆辆英国兵驾的货车，载着垂头丧气的日本战俘。群众看到了，都挥着双手，大骂：“马鹿野郎（Baka Yaro）[①]！”

我们也随着从大华戏院搬家，新址是一个叫“大世界”的娱乐场，地方大得不得了，里面有戏院、舞厅、店铺、体育场，按照上海的模式建的。父亲被派去“大世界”当经理，我们的新家，就在娱乐场里面。

刚才说过，回忆录里多数是不忠不实的，写成小说后大家就不会考究了，所以我将住在“大世界”的这段童年改成一部叫《吐金鱼的人》的中篇故事，在此不赘述了。

“大世界”一住六七年，家中环境渐好，母亲又机灵，跟着一位我们称为“统道叔”的老朋友买股票，又投资马来西亚的橡胶园，有点储蓄。家父反而“工字不出头”，薪水仅仅够家用罢了。

---

① 马鹿野郎（Baka Yaro）：日语，意为愚蠢的家伙。——编者注

花了一大笔钱，双亲在新加坡后巷实笼岗六条石买了一个房子，地址记得清楚，是No.47，Lowland Road（罗兰路）。

搬新家的那种兴奋的心情，很难用笔墨形容，一切是那么新鲜，那么愉快。

那是一座大屋，犹太人建的，两层楼。大人搬家具，小孩子开窗，数一数，有一百七十多扉。

由一个铁闸走进去，经过一段泥路，才到家。花园很大，种满果树，旁边有个士敏土[①]铺成的羽毛球场，是我们最高兴看到的。

隔篱是座庙，和尚很喜欢听“丽的呼声”[②]，每天一早就从小箱子传来一首约翰·施特劳斯的《溜冰圆舞曲》。

庙前是一个马来人的村庄，椰子林中，有名副其实的马来鸡到处奔跑，鸡腿瘦到极点。

在这里我度过思春期，直到我出国留学。这段时间头脑已成熟，记忆的事件很多，但是记录起来又恐怕变成虚构，只有留着当另一部小说用，现在写的当成一些背景的资料。

生活在异乡时，往往梦回。那片椰林、那座犹太人的屋子、

---

① 士敏土：英文“cement”的音译，即水泥。——编者注

② 丽的呼声：电台名。英文名Rediffusion，一家英国公司，曾在中国香港、新加坡、马来西亚等地成立“丽的呼声”电台，以及在中国香港成立“丽的映声”有线电视台。——编者注

花园中的红毛丹树、奶妈的逝去等，醒来，枕湿。

多年后，专程请友人驾车，回去Lowland Road看看故居，整条马路都改得面目全非，往时的影子一点也没留下，愈走近四十七号愈心慌。一看，一栋栋的住宅企立着，花园也消失了，心中大喊："请不要把房子建筑在我的回忆中！"

二　哥

家父是个文人，遗传下来。大姐蔡亮当校长，也著书数册。大哥蔡丹文采也不错，可惜数年前仙游。弟弟蔡萱当电视监制数十年，偶尔也在《联合早报》上写专栏，今日接友人寄来他描述我的文章。兄弟嘛，总有三分情。我做文抄公，赚回一点稿费，不过分。题为《二哥》：

二哥蔡澜身份极多，是写作人、电影制片、食评家、旅游策划、食品商人等。他爱看书、嗜美食、喜烹饪，还精通书法、金石、绘画、摄影等，是个杂学之士。有的人当他是偶像，我却敬佩他的多才多艺。

很多人以为二哥生在香港，其实他是新加坡人，只因在香港工作，住了三十多年，喜爱香港的自由和气候，现已比香港人更熟知香港。

二哥年轻时脾气有些急躁，现在却凡事看得开，心平气和，虽年长我六岁，外貌却比我年轻。

自小和电影结缘，父亲是南天[1]大华戏院经理之故，奶妈一边喂二哥吃饭，一边看电影长大。中学时他常逃学，带一名骑绵羊仔的同学去看戏，一天五场，为看懂西片，努力学习英文，早上华校，下午英校。

求学时在报上写影评，得了稿费就邀一两好友上酒吧作乐花光，说是体验生活。当时有一位导演叫易水，拍了两部本地电影，二哥下笔评得好差，父亲与易水相识，两人相遇，父亲忙向易水道歉。

在学校，二哥的中英文很好，却讨厌数学，有时在测卷上画只猪，常得零蛋。那时他对绘画深感兴趣，曾向刘抗老师学粉画。记得他说过，粉笔的颜色画人肌肤最像。开始他只画水果，后来画人像，尤其是画女孩子画得美。

中学时他交了不少女朋友，又迷上摄影，常找她们拍照，家中更自设暗房冲印，我发现，他喜欢的，多是高挑长发的女孩子。二哥几个女朋友中，有位曾为他自杀未遂，幸好大姐帮忙把事摆

---

① 南天：大华戏院位于新加坡余东璇街，因此处南天酒楼的名气，过去，人们常将余东璇街一带称为南天。——编者注

平，家人才松了一口气。

二哥的经历丰富多彩，正如他监制过的电影，紧张、好笑、刺激、多变化。我行我素，放荡不羁，学校容不得他，叫他退学，他就转读其他学校，后来干脆到日本去留学，一住八年，同时为邵氏当日本分公司经理。前阵子见他上日本电视节目《料理的铁人》当裁判，以流利日语评论，令日人折服。他在日本大学念的是影艺系，后来我也到日本求学，在二哥住的地方找出当年他拍的八米厘①作品，一看他用的主角，又是一位高挑长发女子，那是他在日本的女友之一。

邵氏在东京车站八重洲有间小办事处，职员只有两三人，二哥主要工作是接洽买日本片、香港影片冲印、聘请当地导演等。女明星到日本整容，也请二哥安排。出院后请她们在家里吃饭，故意说些笑话，引得女艺人又笑又喊痛，因为牵动面部贴着胶布的伤口。

一次，邵氏与台湾电影公司合作，二哥负责，遇上当地监制张小姐，日久生情。母亲见二哥年龄渐长，一个人在外地没人照顾，劝逼二哥结婚，后来张小姐就成为我二嫂了。二哥在文章中极少提及自己太太，二嫂也一向低调且聪明，深知二哥行为性格，

---

① 八米厘：电影术语，即指八毫米电影，一种拍摄用的最小规格影片，流行于二十世纪六七十年代。——编者注

从来不约束，任他闯荡江湖，倦马回槽。

那时我在南洋大学毕业，还想进修影艺，当年家里只是小康，没余裕再让我去外国留学，二哥知我心愿，答应一切由他来负担，我在日本三年学费和生活费，都托二哥省吃省穿所提供。至今我心中感激，本来我也想从事电影，但二哥看出日本影业步入斜阳，劝我改念发展得更快的电视，后来情况确是如此。

二哥在邵氏多年，一方面向冯康侯老师学书法和篆刻，冯老师来头不小，“中华民国”成立时，最早一枚国玺是冯老师所刻。二哥勤修之下颇有成绩，初期著作的书名都由家父题字，父亲过世后再出版的书，由二哥效仿字迹题写。

邵氏减产后二哥到嘉禾去，监制许多片子，包括成龙的戏。后来电影业受盗版打击，二哥在机缘巧合下，和当年留日同学徐先生合作，进入他旅游业的年代。

所策划之旅行团虽比一般的贵，但吃、住、行都是一流享受，参加过的人都觉物有所值。

二哥虽住香港，每年必为父亲忌日和母亲生日回新加坡两次。

自小好奇心重，喜欢尝试新事物，以自己所创方法去制作和经营茶、酱料、月饼等食品。他有句名言：凡事去做，成功率是五十五十；不做，成功率是零。他只享受制作的过程，能否赚钱是其次。

有任何烦恼，二哥从来不向任何人诉苦，他认为讲了听者也帮不上忙，徒增他人的不快和担心。

最怕与言之无味的人交往，说是浪费生命，又表示到如今年纪，有资格直话直说，不必顾虑太多。

要形容二哥，只能用他在专栏中写过的一段插曲：在飞机上突遇气流，机身大震，有人吓得面青唇白，见他若无其事，不服问他：你曾死过？二哥懒洋洋回答：我曾活过。

翻车记

我在十八岁那年考到驾驶执照，第二天就把车子给撞扁了。

那是我姐姐买的一辆一九五五年的奥斯汀二手车，蓝绿颜色，现在想起来这车设计极有毛病，它的车身很高，四轮狭窄吃不到地面，非常容易翻侧，但这都是借口，问题出在我只上了十几小时驾驶课，根本没有经验。

约了好友黄树琛，我们两人都是摄影发烧友，一齐到英军战亡纪念碑去拍照。初学者对几何形的构图特别感兴趣，那一排排整齐的坟墓，阳光照下，是最好的对象。

这条大路直通马来西亚柔佛，为什么不顺道去一趟？那处榴梿便宜，买几个回来吃吃也好。女同学听说有私家车坐，都争着参加，挑了三个样子好一点的，就上路。

马来人的榴梿，不要本钱。他们一早到林子里拾了拾，放在两个大竹箩里，弄根扁担就挑出城摆在路旁卖，生意好即收档，晚上到游乐场跳“弄影”。这是马来社交舞，男女双方把腰摇呀摇，手摆摆姿势，互不接触，随着单调的节奏起舞。一块钱买四张票，交给舞女，跳将起来，不亦乐乎。要是没人买榴梿？自己吃呀。

“全部要了怎么算？”我问小贩。

“四毛钱一斤。”他说。在新加坡，榴梿以斤计算。

堆满车子的后厢。这时另一个小贩出现：“两毛一个。”

那三个女的说买去送亲戚也好，再向他要了，装不下，就放在后座，我和树琛坐前面，开车回家。

一路上女的唱黄梅调，又有的唱《刘三姐》《五朵金花》。树琛和我则唱《学生王子》（*The Student Prince*）里的《喝，喝，喝》（*Drink*, *Drink*, *Drink*）、《海德堡的夏天》（*Summertime in Heidelberg*）等，扮男高音，唱得走调。

肚子太饱，柔佛那顿午饭吃的尽是螃蟹，那里的又便宜又多花样，清蒸、盐焗、炒咖喱、炒酸甜酱，每一碟都是肥肉蟹和膏蟹，饭气攻心，昏昏欲睡。

直路上，为显威风，愈开愈快。

忽然，前面有块急转弯的牌子，看见时已经迟了，现在的话也许会进高波档松缓速度，当年只反应性踩刹车，嗞——车胎和道路摩擦的声音兼有树胶烧焦的臭味，整辆车子凌空飞起。

眼中路斜了，又见天空在脚下，转了又转，转了又转。女孩子们的尖叫，跟着看到榴梿腾空飞着。糟了，坚硬的刺插进她们头上怎么办？非娶她们不可。穿红袍的新娘子头布掀起，是个大花脸！

砰的一声，挡风玻璃变成数千块的碎片——当年还没发明合胶的，其中一块直飞黄树琛的眼睛，他依本能把头一歪，四块玻璃擦靠眼角而过。

停住吧！停住吧！一刹那的事，又有如一世那么长！终于，一切忽然静止。

车子两边都凹了进去，门打不开，只能从破裂的挡风玻璃处爬出来。

“有没有事？有没有事？”大声问女孩子，我们一个个把她们拉出来，已经吓得不会哭泣。

奇迹性的，大家都没受伤。树琛觉得湿湿的，用手一摸，看见眼角处淌出血来，女孩子争着用手帕为他止血，他用手把她们推开。

天气热，血很快凝固，附近没公用电话，不知怎么求救，只能坐在路旁，等车子经过。

无聊起来，这种机会不可多得，非拍几张照片不可，树琛拿了徕卡，我用的是父亲的Rolleiflex[①]双镜头盒子相机，把撞坏的车

---

① Rolleiflex：禄来福来反光照相机，一般简称为“禄来”，德国品牌。——编者注

子记录下来。

“不够戏剧性！”树琛说。

我即刻钻进车子，上半身爬出来伏在挡风玻璃处，假装受了重伤，让他多拍几张。

过了好久，也不知道是谁报的警，救伤车终于来了，把我们一个个送进车厢。临上车，舍不得榴梿，选了那几个最熟、最大的搬了上去。肚子忽然感到很饿，借了铁钳把榴梿扒开，和救伤人员分享，一齐吃掉。

后记：

那几个女的，其中一个因为失恋，发精神病，我曾经到疯人院探望过她。

黄树琛后来移民巴黎，结过三次婚。女人迷恋他，和他右眼角的那道很长的疤痕有关，通常电影中的男主角，和坏人打斗后，受伤的也只在眼角，很有型嘛！

那辆奥斯汀，进了车厂。现在的话，早就作废，但当年汽车还是珍贵，外壳给技师们敲敲打打，内笼丝绒修修补补，竟然俨如新车。姐姐即刻把它卖了，还得到很好的价钱。

我隔天就把过程写成一篇文章，投稿到报纸副刊，赚了些稿费。

后来怎么找，也找不到原文。现在为什么从记忆中把这段往事挖出来？也是为了黄树琛过了他的五十九岁生日，打电邮来说又结了一次婚。

我还是以撰稿为生，但所写出来的东西，已没当年那么好了。

回　忆

亦舒在《明报周刊》的《衣莎贝》专栏[1]中写道，《广告狂人》（*Mad Men*）的男主角仿佛照着蔡澜度身订造。这句话，太夸奖了。

度身订造的是我身上的那套西装，二十世纪六十年代的时尚，至今看起来还十分好样。是那西装，才勾起的回忆。

记得六十年代末期，我从日本被调回邵氏片厂，一个半工半读的学生，衣着未免寒酸，邵逸夫先生的太太六婶看到，就把我拉去做几套西装，料子和剪裁，当然是一流的，至今我还感激难忘。

在亦舒从前的散文集中，也提到我是一个蓝衣人。我的选择，不是蓝色，就是黑的，从来没有其他色彩。

《广告狂人》男主角的西装，也都是蓝与黑。当然，我不是

---

① 《衣莎贝》专栏：亦舒曾用笔名“衣莎贝”在《明报周刊》撰写专栏。——编者注

现在的臃肿，那时我又瘦又高，交了一个女朋友，也是又瘦又高，一头垂直的长发，友人都笑称：“一根电线杆，配着一支尘拂。”

大家都是电影的热爱者，片集中的《夜》（*La Notte*）和亦舒提到的《长跑者的寂寞》《洛可兄弟》《水中刀》《喘气》，均属于当年的“新浪潮电影”（Nouvelle Vague），欣赏了就以为自己是知识分子。

另一个印象，是六十年代的人，都抽烟。《广告狂人》中，人们走进电梯，也准吞烟吐雾。我也抽得凶，不断地咳，更像剧中人！

那是一个美好的年代，大家都还有一份执着的道德观念。

怀念的并不只衣服和生活形态，还有那种高深的求知欲，大伙促膝相谈至深夜，探讨宗教和死亡。年轻嘛，总喜欢这些不了解的题材。

但是，共同兴趣在电影。当年，不看电影的人，根本不入流，而观赏电影的层次，也决定这个朋友值不值得交，和当今看电视《宫心计》的观众，有些不同。

昨夜梦魂中

为什么记忆中的事，没做梦时那么清清楚楚？昨晚见到故园，花草树木，一棵棵重现在眼前。

爸爸跟着邵氏兄弟，由中国来到南洋，任中文片发行经理并负责宣传。不像其他同事，他身为文人，不屑利用职权赚外快，靠薪水，两袖清风。

妈妈虽是小学校长，但商业脑筋灵活，投资马来西亚的橡胶园，赚了一笔，我们才能由大世界娱乐场后园的公司宿舍搬出去。

新居用叻币[1]四万块买的，双亲看中了那个大花园和两层楼的旧宅，又因为父亲好友许统道先生住在后巷四条石，购下这座老

① 叻币：是马来西亚、新加坡和文莱在英国殖民地时期，由英国殖民政府所发行的货币，使用年限为1826年至1939年，但民间有时仍沿用“叻币”指称当地的货币。——编者注

房子。

地址是人称六条石的实笼岗路中的一条小道，叫Lowland Road，没有中文名字，父亲叫为罗兰路，门牌四十七号。

打开铁门，车子驾至门口有一段路，花园种满果树，入口处的那棵红毛丹尤其茂盛，也有杧果。父亲后来研究园艺，接枝种了矮种的番石榴，由泰国移植，果实巨大少核，印象最深。

屋子的一旁种竹，父亲常以一用旧了的玻璃桌面，压在笋上，看它变种生得又圆又肥。

园中有个羽毛球场，挂着张残破的网，是我们几个小孩子至爱的运动，要不是从小喜欢看书，长大了成为运动健将也不出奇。

屋子虽分两层，但下层很矮，父亲说这是犹太人的设计，不知从何考证。阳光直透，下起雨来，就要帮忙奶妈到处闩窗，她算过，计有六十多扇。

下层当是浮脚楼，摒除瘴气，也只是客厅和饭厅、厨房所在。二楼才是我们的卧室，楼梯口摆着一只巨大的纸老虎，是父亲同事——专攻美术设计的友人——所赠。他用铁线做一个架，铺了旧报纸，上漆，再画为老虎，像真的一样。家里养了一只松毛犬，冲上去在肚子咬了一口，发现全是纸屑，才作罢。

厨房很大，母亲和奶妈一直不停地做菜，我要学习，总被赶出来。只见里面有一个石磨，手摇的。把米浸过夜，放入孔中，磨出来的湿米粉就能做皮，包高丽菜、芥蓝和春笋做粉粿，下一点点的猪肉碎，蒸熟了，哥哥可以一连吃三十个。

到了星期天最热闹，统道叔带了一家大小来做客，一清早就把我们四个小孩叫醒，到花园中，在花瓣中采取露水，用一个小碗，双指在花上一弹，露水便落下，嘻嘻哈哈，也不觉辛苦。

大人来了，在客厅中用榄核烧的炭煮露水，沏上等铁观音，一面清谈诗词歌赋。我们几个小的打完球后玩蛇梯游戏，偶尔也拿出黑唱片，此时我已养成了对外国音乐的爱好，收集不少进行曲，一一播放。

从进行曲到华尔兹，最喜爱了。邻居有一小庙宇，到了一早就要听“丽的呼声”，而开场的就是《溜冰圆舞曲》(*Skaters' Waltz*)，一听就能道出其名。

在这里一跳，进入了思春期。父母亲出外旅行时，就“大闹天宫”，在家开舞会，我的工作一向是做饮料，一种叫Fruit Punch[①]的果实酒。最容易做了，把橙和苹果切成薄片，加一罐杂果罐头，一支红色的石榴汁糖浆，下大量的水和冰，最后倒一两瓶红酒进去，胡搅一通，即成。

妹妹哥哥各邀同学来参加，星期六晚，玩个通宵，音乐也由我当DJ，已有三十三转的唱片了，各式快节奏的，桑巴桑巴，恰

---

① Fruit Punch：水果宾治，是由凤梨汁、柳橙汁、红石榴糖浆和七喜汽水混合而成的鸡尾酒。——编者注

恰恰，一阵快舞之后转为缓慢的情歌，是拥抱对方的时候了。

鼓起勇气，请那位印度少女跳舞，那黝黑的皮肤被一套白色的舞衣包围着，手伸到她腰，一掌抱住，从来不知女子的腰可以那么细的。

想起儿时邂逅的一位流浪艺人的女儿，名叫云霞，在炎热的下午，抱我在她怀中睡觉，当时的音乐，放的是一首叫《当我们年轻时》，故特别喜欢此曲。

醒了，不愿梦断，强迫自己再睡。

这时已有固定女友，比我大三岁，也长得瘦长高挑。

等待父母亲在睡觉，我就从后花园的一个小门溜出去，晚晚玩到黎明才回来，以为神不知鬼不觉，但奶妈已把早餐弄好等我去吃。

已经到了出国的时候了，我在日本，父亲的来信说已把房子卖掉，在加东区购入一间新的。也没写原因，后来听妈妈说，是后巷三条石有一个公墓，父亲的好友一个个葬在那里，路经时悲从中来，每天上班如此，最后还是决定搬家。

“我不愿意搬。”在梦中大喊，“那是我一生最美好的年代！”

醒来，枕头湿了。

不得不信的秘方

昨夜和友人在中山吃饭，我喉咙痛，不太举筷。

“把它喝下去，你明天没事。”好友侯先生跑进厨房，倒了一小碗东西出来。

很浓的液体，我问：“这是什么？”

“橘子水。”侯先生说。

“什么橘子？”我好奇。

“过年放在家里的那种。”他说，“摘下来用盐泡着，泡得愈久愈有效。”

我最怕酸东西，但为了减少痛楚，拼了老命将它喝下去，名副其实的良药“酸”口。

今早，说也奇怪，好了。喉咙一点也不痛。

每次过完年，都看到一大堆橘树，丢在路旁。家里也有，酸得鸟儿也不来咬，遭同样命运，明天可得好好地泡它一缸，自己不喝，留着送人也好。

盐渍橘子到底是谁发明的？没记载，中药都是累积下来的经验吧。现在有什么毛病，到西药房买两颗药丸搞掂[①]，中药已像那些橘树，被抛弃或遗忘。

小孩子的时候，哪来那么多西药？小病痛都是四周取材医好，我父母就是那么把我们四个儿女带大。他们从什么地方学来，还不是他们的父母传下来的智慧。

我们手脚一生疮，爸爸就把他抽的烟斗拿出来，拔出中间那管粘着烟油的小铁条，用烟油涂在疮上，过两天伤口干了，那颗疮消得无影无踪。

狂奔、骑脚车，都容易跌倒。擦破了皮，不去管它，伤口发炎，之后就长了一粒黄颜色的东西，中央还有黑点，像外星人的单眼望着你。

愈来愈大，愈长愈痛。轮到爸爸就去树上折下一枝刺，轮到妈妈的时候，有刺绣的针，火柴烧它一烧消毒，跟着就那么轻轻地把发脓处的外层挑开，因为仔细，毫不觉得痛，肮脏液体流了出来。

再到花园，找到一些叶子，舂碎了，涂在伤口，又痊愈。那

① 搞掂：广东方言，意为办妥、处理好、弄清楚。——编者注

种植物叫落地生根，天下最容易种的东西，只要摘下一片叶，放在泥土上，就那么粗生。

也不是每种病要到发生了才去医治。有时看到我们的口角有点浮肿，妈妈诊断："热气！"

手牵着手，走到公众花园，看到竹子，从叶丛拔出竹叶尖针，那么一枝枝地拔，很花时间，我们也帮手，结果拔出一堆，妈妈宣布："够了。"

拿回家去，用水煮它十几分钟，加点冰糖，也不太难喝，翌日就没事。

经济条件好了些，开始有钱吃成药。轻微的肚子痛，一小樽"保济丸"治好。当年的还是用很薄的玻璃瓶，木塞，蜡封口，打开时不小心割破手指，生疮，又得去找落地生根了。

面黄肌瘦时，妈妈又一口咬定："生积[①]。"

到药房买了一瓶红白间隔的塔糖，因为还没有瑞士运来的货，味道虽然古怪，但也甜甜的，还能吃得下，一粒无效，再来两粒，过几天果然排泄出一条很长的虫来，至少有数英寸[②]，蠕蠕生动。

严重一点的时候，父母也不敢冒充医生了，带我们去新巴刹的一家叫"杏生堂"的药局去，由留着白胡子的中医把脉，这时

---

① 生积：粤语，指患疳积病，多由喂养不当引起脾胃虚弱、营养不良等。——编者注

② 英寸：英美制长度单位，1英寸等于1英尺（合0.3048米）的1/12。——编者注

一心一意想到的是药后的那包嘉应子。

医师把头摇了又摇，勉强开出方来。可怜的老人家看不出，原来却是自己装病，不肯上学留在家里看书之故。

患咳嗽时，也有干咳和湿咳，我永远分不出是哪一种。只见药局里的见习小厮拿出一管羚羊角，再用一块玻璃片在上面拼命刮，刮出雪白的丝来，拿去煲糖水，效果有点像竹叶尖，是医热气的，多年下来，那管羚羊角被割得又瘦又薄，有点同情它。

胃痛得厉害时，就要借助传统。我们家依足老习惯，在厨房的天井挂了两个给烟熏得黑漆漆的东西，问爸爸，说是鳘鱼鳔。

拿下来用铁斧斩下一块，洗干净，炖了数小时，加点冰糖吃下去，也不是太腥，还能接受，胃病治好。

来到香港，听友人蓝太太有胃病，即刻写信给父亲向他要了鳘鱼鳔送给她吃。后来自己照办，想买两块挂在厨房，才知道是价贵如金的东西。能治朋友的病，已是好事，爸爸来信上说。

不管西方医术有多发达，我至今仍对中药深信不疑，也学会尊重各国的秘方。在墨西哥制片时，到过他们的草药市场，面积有十个足球场般大，看见一些树皮，当地人说能治烧伤，即刻买了下来。在拍戏现场有武师被弹着点灼到，拿出树皮，工作人员在石头上磨成粉，贴上伤口，果然有效。

在印度拍一部有关蛇的电影，耍蛇的师傅拿出一小片黑块，说是草药精华，给任何最剧毒的蛇咬一口，只要把那小黑块贴在伤口上，也会没事的。用重金向他买下。住在公寓，看情形，用它的机会恐怕不多。

回想小时土法医病，当今重患，依足治疗，是否有效？也许是儿童抵抗力强，无药也自愈吧，但那份父母的爱心，有如魔术，不得你不信的。

大丈夫

十年前，斧山道上的嘉禾片厂，每天不断徘徊着几个日本女子，都是成龙的影迷，能看到他一眼，是她们一生最大的愿望。

其中一个很瘦弱矮小，两颗大眼睛，像是唯一能看到她的东西，已经一连来了三天。

我们在片厂上班的人看惯了，从来不与影迷们交谈。傍晚经过，听到她咿咿哎哎向警卫询问，并非不懂得日语，而是哑子的发音。

下着大雨，她畏缩在屋檐下，脸色苍白，片厂并没有餐厅，她站了整天，眼见就快晕倒。

“你没事吧？”我用日语问。

她倾耳，原来连声音也听不到，就从和尚袋中取出纸和笔写下。

“大丈夫。”她也写。

这也是我学到的第一句日语，发音为Daijyobu，和男子汉一点也搭不上关系，是“不要紧”的意思。

我用手语请她到办公室坐着，给她倒上一杯热茶，再在纸上笔谈：“积奇[①]在美国，不必等他回来。”

“不是等成龙。”她摇头后写上，“我爱香港电影，什么时候可以看到拍戏？”

那年头不流行搭布景，拍摄都在空地进行。片厂只是一个工作人员的集中地。这几日天气不稳定，也不知道什么时候才出外景，我写着要她回去。

看她好生失望的表情，只能再和她谈两句，问道：“为什么那么爱看港产片？”

“从香港电影中感觉到的活力，是日本片没有的。”她写，“我最想当演员。如果能在香港电影中演一个角色，我就心满意足了。”

真是不自量力，我也没什么话好说，写道：“当演员，需要讲对白。”

“我学。”她写，“一生悬命。”

一生悬命（Issyokenmei），是拼命的意思，但身体上的缺陷，怎么强求？我点头，目送她走。

第二年，她又回来。

看到她疲弱的样子，我真担心。这时，她张开口：“Dai……

---

① 积奇：是成龙英文名Jackie的中文译名，现在一般译为“杰基”。——编者注

Dai……Daijyo……Daijyobu。”

说完这句“大丈夫”，她满足地笑了。

第三年，她已会说Issyokenmei。

笔谈中，得知她学语言的过程。这个小女子竟然参加了“东映演员训练班”学讲对白，自己又修阅读嘴唇动作课程。怎么让她进入训练班的她没说过，学费倒付了不少。

第四年，她来，又是咿咿哎哎一生悬命说话，我要很留意听才懂得几句。刚好有部小资本的动作片拍摄，我请武术指导带她去现场看看。她开心死了，拍完戏，大概是工作人员同情她，请去九龙城的餐厅吃火锅。

接着那几年，她没间断来港。之前总传真说何时抵达，我外游不在，她留下小礼物就走。

去年她在我的办公室中看着书架上那六七十本散文集，下了决心，向我说：“我要做作家。”

对她的意愿我已不感到诧异，点头说：“好，等着你的作品。”

前几天她又来了，捧了一大叠原稿纸，向我说：“出版已经决定。”

“恭喜你了。”我说，“付你多少版税？”

她摇头：“出版社要求我出两百五十万日元。我一次过给了他们。”

心中大叫不妙，但既成的事，不说扫兴话。

“你替我纠正一下好吗？”她说，“书里有很多中文名词，我怕写得不对。”

我点头答应。她高兴地走了。

今夜看她的著作，只有一个错处，把《旺角卡门》的那个“卡”字写漏了。

书中充满在香港受到的感动，弥敦道上人山人海、新界小巷中的孤寂、西贡鲤鱼门的美食等。第一次来港，还幸运地被机师邀请入驾驶室，在万家灯火的启德机场下降。当然也少不了目睹电影摄制的震撼，以及对嘉禾片厂夷为平地的失落。

从二十岁的少女，整整经过十年，今年已是三十，我从笔谈和对话中了解的她比书中更多更多：两岁的时候发烧，从此又聋又哑的事，在书中只字不提；也不是什么有钱人家，父母在乡下开了一间做内衣裤的小厂，她一个人住在东京，经济独立，做电脑打字员，又当夜班护士助理，所受同事们的白眼和病人的欺负也只向我说过，被对方掴耳光整个人飞出去是常事；省吃俭用，钱花在来香港的机票和住宿上，最后的那笔十五万块港币的储蓄拿来出书，有没有着落，还不知道。

在作者简历上，她只写着：“一九九四至一九九五年之间，演出东映录像带电影，当警车训练所职员，说过一句对白。”

弱小的她，是一个真正的“大丈夫”。

当铺里的年轻人

往澳门的船上，遇到一位老人。

缩在一角，望出海外。从他的眼神，可以看出“孤独”两个字。

忽然产生一份同情，我主动地向他说：“到澳门去赌钱？”

他有点惊讶，从头到尾把我望了一眼，看出我不是一个不怀好意的人，露出了笑容：“不，我回去办事。”

“干哪一行的？”我真想问他，但陌生人与陌生人之间应该有一份尊敬，故不启口。

各自再寒暄了几句，船已抵达，问老人往哪一个方向走，答案是在我下榻的酒店对面。

“不必搭的士，我送你一程。”

“不不，走路可以走到。”他说。

“酒店有专车，不用花钱的。”

听到是免费，他也就点点头：“干我们这一行，每一分钱都要计算得清楚。”

我又想问，但还是闭了嘴。话题一转，我告诉他：“我也在你说的那间大厦中买了一个单位。”

车到了门口，我继续说：“这座大厦本来很高贵，最讨厌就是在楼下开了几间当铺，把格调拉低了。”

“我……我就是开当铺的。”老人嚅嚅地说。

“是吗？”我说，有点尴尬。

“进来坐坐吧，反正现在这个时间没什么客人。”

澳门到处都看到当铺，写了大大的一个“押”字，那么多人争生意，有利可图？

老人好像知道我在想些什么：“有赌，必有当。现在的外国人不知道这个道理，拉斯维加斯就没人做这一行，钱急了，只有打抢。”

经他那么一说，当铺这一行，好像印象没那么坏了。

伙计们奉上茶，都和老板一样上了年纪。

“客人，是哪一种？”我问。

“从前香港客多，当今清一色内地人。”他说，“澳门人不会来，他们不赌。”

“我以为当铺是一个老死的行业。”我已不用太过客气地问，“又开了那么多间，做什么生意？”

“我们做的，是信用的生意。”

“信用的生意？”

“是呀，与其是当东西，我们是买商品，在我们铺里买的，任何时间，都可以拿回来换成现金。”

“利润呢？”

“钻石、珠宝这一类，我们扣十个巴仙。你在我们铺里买了一万块，我们一定会用九千块买回来，这就是我们的信用。别的商店，一出门就不退货的。”老人解释。

“手表呢？”

“扣二十个巴仙。”

“黄金呢？”

“照黄金的市价向客人买回来，当然他们要亏手工的钱。”

“真有那么多人拿东西来当的吗？”我问。

老人笑了：“赌起来，不知道什么时候需要钱。他们的心理，总是最后一铺会翻本的。不过也有很多人是买来自用，或者送太太和女朋友。”

“从当铺买回来的东西，有人肯要？”

“哈哈，你错了。从当铺买回来的东西，才有保证，一定不是假货。我们有信用，我们可以用现款向你买回来。”

说得有道理，看老人的当铺，已无从前阴森，灯光大照，俨如一家免税店，卖的也多数是精品。

"那么你们自己不会买到假货吗？"

"给我们一看，哪会走眼？"老人不笑了，"就算卖的是假的，客人有了发票，我们也当真的退钱。"

"怎么学，才会变成专家？"

"没有当铺学校这一回事，我们都是从学徒做起，课本就是看好的东西和坏的东西，一一比较。做我们这一行的，只有比较，比较多了，眼界就高，眼界一高，就是学问。"

"要学多少年？"

"现在也在学。"老人说。

"旧衣服，没有人拿来当吧？"

"现在是什么年代了？"老人反问。

"名牌皮包呢？"

"款式出得太多。又不是我们在行的，不当。"

"除了钻石、珠宝、黄金和手表之外，还当些什么？"

"手机。"

我拿出身上的那个，问他说："能当多少？"

老人瞄了一眼："这是Sony Ericsson①最新型的记事簿兼手机M600i，当一千港币。"

---

① Sony Ericsson：索尼爱立信，即索尼爱立信移动通信公司，成立于2001年10月。——编者注

我是四千多买的，才用不到几个月，卖给二手机商人至少有两千。当铺用一千来买，我向他们赎回，又要蚀两百，啊，这生意可做！

“要是我们铺里摆了你这一架机，卖价只是一千五百，客人也有着数的。”老人又知道我想些什么了。

看他们几人都七老八十，我问：“有年轻人接班吗？”

“现在的澳门年轻人都去赌场当荷官了，没经验的月薪也有一万多，谁肯做当铺学徒呢？”

我想说如果你们这班人都死光了，当铺这一行就完蛋了。

老人首次露出笑容：“别担心，我们还可以活多二三十年，二三十年后，谁知道会变成一个什么世界？”

其他老人听了也都点头：“对对，我们都还很年轻，有学识的人，不会老。”

婚　礼

新加坡社会的改变，使得婚礼也不像从前那么有趣了。

通常是在大酒店的宴客厅举行。

所谓的七时入席，到达后发现人数寥寥无几，都被邀请到偏厅去了。

里面布置得像一个沙龙摄影展览会，看到的是新郎新娘的婚纱照片，永远是那几个不变的姿势。所谓沙龙，三流作品也。

待到八点，才见多点客人来到，这时开始在会场中播映录像带。

经过剪接和配乐，一幕幕儿童的裸照，小学毕业典礼的留影。长大成人，在社会中工作，与同事在海滩的BBQ（烧烤）。

两人拍拖时，最初站得远远的，后来逐渐靠近。在一次吉隆坡或槟城的旅行中，翌日二人合照，满脸春风，显然已干了好事。

接下来的是重复沙龙影展的纪录片片段，令人看厌为止，编导手法，的确高明。

九点钟才有饭吃，已饿得肚子咕咕乱叫，灯一暗，一排排的侍应捧出乳猪，并非全只，只是夹了叉烧、油鸡、素鹅、海蜇等的拼盘，难以下咽，但照样要用干冰，加热水搞出白色烟雾，新郎新娘才肯从空中降下。

衣服一套换了又一套，那是新娘的专利，男的还是那件黑色西装。热带天气，不是很用得着。一般只穿三次，结婚这一回，儿子满月和瞻仰遗容。

不变的是客人斗酒时，把“饮胜”这两个字的“饮”拖得愈长愈好，饮胜！有些人真长气，一饮就饮了两三分钟，可以参加吉尼斯世界纪录大全。

劳“命”伤财之后，客人逐渐离去，不禁想起亦舒常说的：“婚姻像黑社会，参加之后一世人[1]不能离开，有苦也不敢向人道。”

不知死的，结婚去吧。

---

① 一世人：粤语，意为一辈子、一生、终身。——编者注

讣闻乐

新加坡、马来西亚的报纸，广告收入很大部分靠讣闻。人一死，家族登广告报告，朋友登广告凭吊，非常之热闹。

香港的报纸偶尔可以看到讣闻，多数是移民到外国的人，想是通知老家的亲朋戚友。

日前看到一则，说某某女士于某某年月日蒙主宠召，享年六十九，谨定于某日某时在加拿大温哥华海景墓园礼堂举行安息礼拜，随后安葬于该墓园云云。

本来是一则很普通的东西，但看该女士的儿女，名字甚有品位，洞悉先逝者有一定的教育水平。

名字都有一个“人”字：俊人、化人、菊人、素人、亮人和乐人。

一说名字能影响个性，又相由心生，不知长子俊人长得是否如名之英俊？次子化人看不看化人生？长女菊人是不是像菊花一般美丽？次女素人吃不吃素？三女亮人叫起来声音洪亮吧？四女乐人，应该一生都很快乐。

讣闻之中，看得出一家人的家庭关系。俊人一世人不娶妻，为什么？背后是否有一个很长的故事？化人则有一个叫丽娟的媳妇。

两个女儿的丈夫都是西洋人名字，第三个嫁了一个姓“木下”的，是日本人了，算是一个国际家庭。

外孙、外孙女都有一个西洋姓氏，混血儿，长大会很漂亮。

小字写着：“鼎惠恳辞，如蒙赐赙，拨冗善举。”这也是好事，又显出后人生活无忧。

讣闻并不是都不好看的，无聊起来，读读也甚有趣。最好笑的是最后一行写着：“凡活着信我的人，必永远不死。”（《圣经·新约·约翰福音》十一章二十六节）

当然，活着的人，不会死；死的人，信与不信，又关卿何事？

最大谎言

专家调查，一个普通人一天里面至少撒十一次谎。说大话，是我们日常生活的一部分。

不相信吗？我们今天不是说过："找个时间饮茶！"

"这个孩子真可爱！"

"这是公司的政策。"

"改天通电话。"

"我每天都做运动。"

"你瘦了。"

"我没说过这种话。"

"你看来只有二十多岁。"

"我不会告诉别人。"

"我最不喜欢听好话。"

“靓女！”

谎话说得多了，自己也相信，变成我们人生的经历：“啊，尼泊尔，真是好玩。”

曾经听过三个小学生放完暑假后的对话：

“我妈妈带我去了日本迪士尼乐园。”

“我们去了美国那一个。”

“我只跟团去了新加坡、马来西亚和泰国。”

最后那个说完，给他妈妈当头一拍：“什么地方都没去，骗人做什么！”

我们骗人，都是为了要面子。所以我们年轻时常说：“我一晚可以来八次。”年纪大了一点：“我一星期两次。”更老了：“男人可以小便就可以干那件事。”都是谎话。

为了那件事，什么都说得出：“我们抱着睡，什么都不做。”鬼才相信，但就是说得出，也真的有人不会怀疑。

骗人并不一定是坏的，向患了“非典”的丈夫说：“你的病看来好像好一点了。”

不伤害到对方，总是好的。但是有人睁大了眼睛说瞎话，就讨厌得很，明明在加税前买车，还不肯道歉说自己一时贪心，就很坏。维护他的人，更坏。

美国CNN（美国有线电视新闻网）最受欢迎的节目是讽刺自己的，主持人把布什当州长的访问，和他做了总统后的访问放在一个画面，一左一右，判若两人。

左边那个布什州长说："我们才不管人家那么多，我们怎么可以当国际警察？"

右边的布什总统说："我们一定要攻打伊拉克，替天行道，我们有的是正义。"

马科斯夫人说："我并不是特别喜欢鞋子，我穿的都是普通货，尤其是国产的，我要振兴国家工业。"

结果搜出的三千四百对鞋子，没一对是菲律宾做的。

尼克松在"水门事件"后说："我并没有撒谎。我说过了一些话，后来发现不是真的。"

连最多学生崇拜的华盛顿那件事也是假的，说他砍了樱桃树后承认错误，原来是写他传记的帕森·威姆斯捏造的。

克林顿的最大谎言是谈到大麻，他说："我并没有吸进去。"

我自己也有一个金句："我并没骗你，我只是暂时把事实保留罢了。"

佛教的谎言并没天主教、基督教那么多，《旧约》上的人都能活到几百岁，教徒说："你别有疑问，相信就是。"

这本身已是一句骗你的话。

"死了上天堂。"已不是谎言，它是引诱。

我们教小孩会做人，其实就是教小鬼们撒谎。当今的小孩都会骗父母高兴，哪一句是真的？

“妈，你一教我就懂得了。”

一个只会说真话的小孩，即刻被送到动物园去。

我们写作的人更是废话连篇。作家作家，“作作加加”嘛。

报纸上的新闻，更能编造，连最有公信力的《纽约时报》也在骗人了，我们的报纸算得了什么？其实我们撒谎也撒得高明，在人物的照片上加一句话，说明是“设计对白”。明明是骗你的，总之你喜欢听就是。

女人最容易骗了，广告上的化妆品真是那么有效的话，早已得到诺贝尔生理学或医学奖。

也有例外，你骂女人，总要说有例外，其实这也是一句谎言。

我也最喜欢骗女人，但是有时看到对手的尊容，说什么也不肯来一句“你很聪明”，连“很有个性”也说不出口。我常说：“女人没有美丑，美只是片刻的，相处久了，丑的也变美的。”

那是一大谎言，美的还是少数的。我一个小学朋友的未婚妻丑得要命，他说：“我爱的是内在美。”

“那你娶我奶妈好了。”我说，“她的内在美，没有一个女人比得上。”

当然，我奶妈的内在美也是一般的。

倪兄在二十年前写剧本时，绑票匪徒要求八千万赎金，导演看了说：“八千万，多不多了一点？”

“反正都是不要钱的，说多一点有什么关系？”他懒洋洋地回答。

我的文章愈写愈好，读者有十亿人。真的，反正不要钱嘛，说多一点有什么关系？写呀写呀，又骗多一篇稿费，何乐不为？

大话精

谎言，广东人叫为大话。喜欢撒谎的人，叫为大话精，听起来也十分可爱。

有时候，我们不是故意要骗人，但非把事实隐瞒不可。像看到朋友的小女儿，早被宠坏，无故取闹，吵个不停；样子又难看，经常皱着眉头，一副不可一世的表情，狗眼看人低，真是讨厌到极点；最可恶的是她还要含血喷人，诬告菲律宾助理用她妈妈的化妆品。

揭发她的罪行吗?

朋友没得做，亲戚也要疏远。迫不得已之下，勉强摸着这小鬼的头："真聪明。"

"漂亮"两个字，打死了也说不出。

这时，你已骗了人。是极大的罪恶，《圣经》上说。但即使我们是一个虔诚的教徒，还是不停地犯错，牧师说教，闷到睡觉，还得听下去，不出声也是撒了谎。

我们不骗人，在社会上根本生存不下去。遇到愚蠢的老师，说他笨吗？即被学校踢出来。奸诈的上司，指出他阴险吗？饭碗也打破了。我们渐渐地，慢慢地，变成大话精。

别忘记，当你还是一个婴儿，把家里的东西弄得翻天覆地。父母亲回来，问道："宝宝今天乖不乖？"

"乖。"这已是你第一个大话了。

如果没有谎言，结果是不堪设想的，它并不坏，为了得到选票，政治家都撒谎。日本人虽然有句"撒谎也方便"的谚语，但当他们的首相田中角荣说："我从来不说大话。"这句话，也变成了笑话。

金庸笔下的令狐冲也说过："说话不骗人，又有什么好玩？"

的确，说大话很好玩。我们作为写作人，不骗人怎行？作者要创造许多谎言，情节才曲折。有很多读者问："到底是不是真的？"

那些读者的头脑一定是四方的。好的读者不会问，他们问的，只是故事好不好听罢了。

为了传宗接代，当今男人已不能用棍子敲打女人的头，只有靠他那根烂舌："我遇到过那么多女的，只有你是最纯洁的。"

"漂亮"两个字，还是打死了也说不出。

恋爱由说大话开始。男的披头散发，女的说他有个性；女的一点礼貌也没有，男的说她很坦白。

喜欢了就会骗对方。讨好、附和等，都在撒谎。

要不然，男人娶不到老婆，女人也嫁不出去，要是不互相隐瞒，这世界就陷入混乱。

拍拖一久，开始进一步。

遇到个洋妞，做完之后，总会问你："你觉得好不好？"（Is it good for you？）

这还不是强迫我们说大话吗？摇头的话，她分分钟拿刀斩你。但当你回答"Good"的话，多数是No Good了。

相反地，当你感觉很羞耻的时候，上海姑娘会说："不要紧，有时紧张的时候会发生这种现象的。"

她们的本领也真高，又咿又哦，只是比不上虔诚的教徒，一句声也不出。

终于找到了一个好伴侣，把从前的情史都老老实实搬出来吗？那是最笨的一件事，只要稍微坦白，即刻变成不可磨灭的印象。一不高兴起来，永远想到你与其他人做那件事的样子。千千万万，不能犯这种错误。你不想说大话也行，保持沉默好了。

我并没有骗你，我只是把事实保留着罢了。

一结婚，事情可闹大了。当年你追求对方说的谎言，现在已可以说实话，不必打死你，你也会说："你不化妆，好丑！"

“你挖鼻子，真是视觉污染。”女的也会向男的说。

结果只有离婚收场。

“你去了哪里？”老婆问。

“谈生意，应酬应酬。”丈夫说。

“你去了哪里？”丈夫问同一个问题。

“打几圈小麻将。”老婆说。

大家都知道对方干的不是那回事。

有时也并不一定为了那件事，像男的对自己的妈妈好一点，女的就不高兴，也要撒谎。女的要求男的支持兄弟的生意，更要说大话推却。

说大话，其实是给对方的一种尊敬，给对方一个台阶下，当一切撕破了脸孔，已无可救药了。

一个日本朋友刚刚去世，灵堂上有很多莫名其妙的女人来拜祭，哭得好悲伤。

我看到他太太的表情激动，走过去抱着她，想安慰几句。

“我没事，”她说，“我只是很感谢我的丈夫，那么多年来，一直跟我说大话。”

大话精，万岁。

阿Q精神

“这次的‘非典’灾难，总算已经过去了，你怕不怕？”小朋友问。

“没怕过。”我说。

“为什么能够这么镇定？”

“我觉得所有的灾难，总有一天会过。而人们对已经过去的事总拿来开玩笑，说什么当年要生要死，现在想起来很滑稽。”我说，“按照这个道理，为什么我不先笑一笑呢？买东西也可以分期付款呀，先享受了快乐，担心的事再慢慢分期好了，时间冲淡了，也再不感到担心。”

“你一生经过很多灾难？”小朋友说。

“比起受战争洗礼的人，我还算幸运的了。”我说，“在‘非典’那期间，我不断地向年轻人说，要是你的命不好，生为伊朗人，现在活在巴格达，整天被美军轰炸，那不是更糟糕吗？”

“这是阿Q精神呀！”小朋友说。

“很多人都不明白阿Q的想法，就拿它来做比喻。阿Q是消极的，我们这种比近于禅，是积极的，是用另一个角度去思考，并不逃避，事实还是要面对的。用开心的态度去面对，好过用悲观、担心、忧虑的心情去面对，你说是不是？”

“怎么跳楼自杀的，都是年轻人？”小朋友问。

“他们没有经过风浪呀。”我说，“老一辈的香港人，经过穷困、经过暴动、经过制水[①]、经过日军入侵，小小的一场金钱或爱情上的苦恼，不至于会弄到自杀。”

“那也不是我们年轻人的错呀！”小朋友抗议，“我们是生在香港经济起飞、最舒服的年代。是的，我们没有经过风浪，我们想经历，也不是找来就有的呀！”

“你爱你的父母、你的公公婆婆吗？”

“爱。”小朋友说，“他们是我们的一部分，血脉相通的，怎么不爱呢？”

“那么他们的经历，也是你的一部分，他们能忍耐下来，你应该尊敬，你应该学习。”

小朋友想了一下子，似是而非，还是心中有气：“老头子老妈

① 制水：粤语里，“水”有钱的意思，制水，即钱被控制了。——编者注

子总是说自己捱了多少苦，我们感受不到呀！是了，为什么你们从来不说自己活得多快乐呢？”

“我们活得是很快乐，没有想到去说给人家听罢了。”我说，“我们这辈子人的享受，不能说是绝后，至少，是空前的。”

“这话怎么说？”小朋友奇怪。

“自古以来，有什么年代像现在这么信息发达？我们一打开报纸、电视即能看到天下事。印刷的精美，令我们可以有看不完的文字和图片，做起科学和艺术的学问，资料随手拈来，这是我们的爷爷奶奶享受不到的。”

小朋友觉得有点道理了。

“举个例子，在音响方面，我们小时候还磨钢针摇歌片机，短短数十年，我们已经由七十八转变到三十三转到CD、MD、MP3数码，全世界的音乐都给我们听齐了。”

“视觉方面呢？”

“我们生长在看到电影的年代，当然还有电视，但视觉方面没有听觉方面发展得那么快，香港更是落后，其他地方的电视一看就有几百个台。”

“饮食方面就没有从前那么好了吧？”

“是的。质是差了，但量多了。我所谓的量，并不是多吃一点，而是花样多，我们可以在我们住的地方，享受很多古人吃不到的异国饮食文化。”

“你说的不错，还有旅行呢？”小朋友说。

“古人说行千里路胜读万卷书。”我说，“我们何止行千里路？飞机一坐，全球任何角落都能达到，这还不是空前吗？问题是在你看了那么多，学习不学习得到外国人的生活态度，从中吸取好的。”

“还有呢？”小朋友问。

“还有就是历史的见证了。以为不可能发生的发生了，我们看到柏林围墙倒下，我们看到‘四人帮’被抓，我们看到世界上的独裁者一个一个死亡，我们知道这世界将会走向民主和自由。”

“你们就好了，我们这一辈子好像什么都看不到，什么希望都没有。”小朋友叹气。

“怎么可以那么说呢？”我叫了起来，“你们有了电脑，所有信息一按钮即刻出现在你们眼前，要学什么比我们快得多，只要你不天天打游戏机的话。”

“我还是觉得很绝望。”小朋友说。

“绝望这个感觉是年轻人的特权。”我说，“我们年轻时也感到绝望。我们对核武战争可能来临感到绝望，我们为宗教灭亡感到绝望，我们对背叛父母兄弟才能生存下来的专政感到绝望，就像你们对这场‘非典’感到绝望，但一切不是都已成为过去？”

“是呀！”小朋友想通了，“应该像你所说，先快乐再说才是！”

“人家会说你是阿Q精神！”我说。

“这不是阿Q精神，这是……”小朋友引证我一大堆理论，但我希望她不会一下子变老了。

好　玩

友人何先生白手成家，今年是他结婚二十五周年。

“答应我，别再做什么新的投资。”太太向他说，“今年，好好陪我一年。”

那是三个月之前的事，何先生现在跑来找我：“原来不做事也是那么辛苦的。”

我笑了出来：“可以出去走走呀。”

“有什么地方可去？”

“目前已是八月底，我们来设计一个玩一年的行程，从九月初开始吧。”我说。

“先飞什么地方？”

“纽约吧。”我说，“九月的天气纽约最好，有点凉意，穿件薄薄的毛衣就够了。”

“美国才有两百年文化，纽约有什么好玩？吃的方面又比不上很多地方。”

“你错了。”我说，“纽约不是美国，她是独特的。好餐厅很多，四十年代有钱，把欧洲的文化都买了下来，那边的大都会博物馆和现代美术馆，可以看到最精彩的东西，布鲁克林桥也漂亮。你看的角度会和伍迪·艾伦不一样，差不多每一间大厦都做过电影背景，一座座欣赏。”

“然后呢？”

“然后去法国南部，这是葡萄收割的尾声，又是食物最丰富的时候，懒洋洋的下午，光线从叶子缝中射下，每一个角度都是一幅印象派画。到了十月，飞去慕尼黑，很近，那里有个啤酒节，每年喝五百万升的啤酒，吃四十万条香肠，一年份的啤酒能在几天之内喝完。”

“我太太不喝酒的。”何先生说。

“那么带她去墨西哥好了，从十月三十一日到十一月二日，那边有个死亡节[1]。”

“你不是在咒我太太吧？”何先生问。

“绝对不是这个意思，墨西哥的任何一个地方，大街小巷里大家都在庆祝，大人把白糖做成个骷髅骨给小孩子吃，面对了死亡，

---

① 死亡节：多译为“亡灵节”。——编者注

就不必怕死。对你的人生也有帮助的。我认为这个嘉年华是我们一生人一定要参加一次的。”

“十一月整个月还有什么地方可以去？”

“欧洲天气已渐冷了，地球的相反方向澳大利亚是春天的开始，很温和，新西兰也值得走走。”

“我太太说那边很闷，十二月呢？”

“十二月已进入圣诞节气氛，西欧国家太先进，太商业化。度圣诞节不如从匈牙利开始，到捷克去，寻找波希米亚的旧迹。在那里过圣诞节，每一个人拿出一瓶他们认为最好的酒埋在雪地里，大家分头去找，找得到就是你的，大人都像小孩子拼命找。”

“太冷了吧？一月呢？”

“一月可以走些你从来没到过的东南亚，像柬埔寨的吴哥窟等。缅甸有艘慢船很豪华的，也很少人懂得去欣赏，乘着它看西岸上的佛像，意境也很高。”

“我太太是天主教徒。二月呢？”

“回来过农历新年呀。不然在二月的第一个星期，飞去巴西好了。”

“老远地去巴西干什么？”

“哈，那里有一个全世界最热闹的森巴节[1]，疯狂到极点，随街

---

① 森巴节：即巴西狂欢节。——编者注

跳舞。”

“我恐怕我的心脏受不了。”何先生说。

“那么去威尼斯好了，那边的节目从二月一日到十二日，每一个人都穿着古时候的衣服，戴了面具，又有划艇比赛，较龙舟更优雅。到了最后一天，大家集中在圣马可广场，把面具拿掉，大叫走、走、走，很过瘾的。”

“我看过照片，太太说戴面具鬼里鬼气的。”

“三月的嘉年华不多，可以去欧洲大城市的各个博物馆看看画，走走古董跳蚤市场，到名餐厅吃东西。”

“我太太不懂得欣赏艺术品。四月的节目呢？”

“四月最好去泰国参加他们的泼水节，从十三号闹到十五号，到清迈好了，那边不像曼谷那么大，斗水也斯文一点，有些少女看你走过，拿一些水倒在你的肩膀上向你祝福。四月十日到十五日，去洛阳看牡丹，最豪华了。看完了洛阳的花，再飞日本赏樱，因为每一年的温度不同，早开迟放不知道，但在这一段时间去日本，从南到北，哪里有就飞到哪里去看，也叫追樱。”

“我太太还是喜欢逛百货公司多一点，五、六、七月呢？”

“这段时间玩北欧最适宜，没那么冷，坐邮轮比乘飞机好，几千个小岛在你眼前经过，是坐飞机得不到的经验。一直玩上去到俄国，在伏尔加河上看渔民刚刚抓起一尾比人还要大的鲟鱼，剖开肚吃最新鲜的鱼子；圣彼得堡的皇室收藏的画，一个星期也看不完。”

“我太太怕辛苦，八月呢，有什么地方去？”

“好个八月，二十六日到二十八日英国的Notting Hill嘉年华[①] 最有文艺气息。早一点，在二十三号，到西班牙Valencia Bunyol[②] 去参加番茄大战，几大卡车的番茄给你扔个不停，大家都返老还童。”

“不过，我太太会嫌脏。”何先生说。

我懒洋洋地：“和你老婆留在香港，一定好玩。”

---

① Notting Hill嘉年华：诺丁山嘉年华，又称诺丁山狂欢节，起源于1964年，是欧洲规模最大的街头文化艺术节。——编者注

② Valencia Bunyol：西班牙瓦伦西亚市布尼奥尔镇，每年8月的最后一个星期三举行“番茄大战”。——编者注

写经历程

你心烦吗？

吃药没有用，看心理医生更烦。最好的解决方法，莫过于临摹《心经》。

什么？用毛笔？我已经几十年没抓过了。你说。

用什么笔都好，只要坐下来写就行，但是尽可能用毛笔，就算你已疏落了很久，也不要紧。日本有种写经纸，让你铺在《心经》的原文上面，你只要抓着毛笔，一笔一笔临描好了。

写多了，就可以把原文丢掉，用自己的字体去抄。

至于毛笔怎么抓？当今已有一套理论，推翻了从前老师的死教条，你要怎么抓就怎么抓，随你便，没有规定的姿势，你自己觉得舒服就是，这么一说，放心了许多吧？《心经》的真髓在于“心”，先放下。

如果你已经克服了抓毛笔的心理障碍，但又不想照日本人的方法去临，试试我近来写经的过程吧。

第一，要照什么人写的呢？当然是我们最敬仰的高僧弘一法师的书法了。有些人也许认为他的字造作，故意写成什么叫“和尚字”的，但我并不认为如此。弘一法师未出家之前临魏碑，功底很深，又学过宋人黄庭坚的字，写出来的更是潇洒。当了和尚之后选择的字体，只不过是像他学佛一样严谨，一笔一画都恭恭敬敬，一丝不苟地写出来的成果。

所以要临《心经》，最好是用弘一法师的字去练。

但是弘一法师写过的《心经》原稿不知在何方，复制的印刷品中，字体很小，看不出用笔，只得一个形罢了，但照此摹之，亦无妨。

我较苛刻，从法师写过的各种大字经文和一些嘉言集联中，一个字一个字影印出来放大或缩小，集字贴在一张纸上，过程令我想起集王羲之的《圣教序》。

好了，弘一法师写的《心经》，每行十个字，一共有二十六行，加上“般若波罗密多心经”的题目，是二十七行。

临摹弘一法师《心经》，我起初计算每行字数，以及有多少行，然后再用红笔画格子，过程甚为繁复，未书《心经》之前，已气馁。

有一天，到上环的“文联庄”去，看到有一张给人铺在纸下面的薄棉被，竟然印着“写经用”三个字。原来格子已被打好，每行十格，一共有三十七行，让书经者在前后有空位题字或书经日期，以及回向给谁等。我只要用一张普通大小的宣纸，将它折半，切开，铺在这张画了格子的被单上，就能即刻临摹了。

《心经》版本，在许多中国和日本人中，都将最基本的“般若波罗密多”之中的“密”字，写为“蜜”。一看字形，联想至“虫”，或者“糖”来，对原文甚为不敬，既然这只是梵语的音译，为什么不作“密”呢？有神秘、保密的字义，是更贴切的，非常同意弘一法师的用法。

也有人批评弘一法师所写的《心经》，在字体上没有什么变化。临多了才知道每一个同样的字都各异。但是，这已是小节，变化与否，不要紧。有变化亦可，无变化亦可。最能解释得清楚的，莫过于弘一法师自己说的：“朽人于写字时……于常人所注意之字画、笔法、笔力、结构、神韵，乃至某碑、某帖、某派，皆一致摒除，决不用心揣摩，故朽人所写之字，应作一张图案画观之则可矣。”

我们在还没有功力将书法写成一幅图案之前，先不必管重复不重复，尽量去临摹即行，如果再那么用心良苦，又是心烦的问题了。

一放开，临弘一法师书法也行，临日本老和尚的字也行。篆、隶、草、行、楷，都不要紧了。

当然，在中国书法家的《心经》中，我们还是可以学到许多字体上的变化。集字《圣教序》后面，怀仁和尚同时集了王羲之的《心经》行书，十分珍贵，也是非常值得临摹的作品。

于贞观九年（公元六三五年）再将书法家欧阳询的字集起来刻成的楷书《心经》[①]，也是典范。

清末刘墉的行书《心经》写得随意，邓石如写的篆书《心经》，也是我临摹的对象。

全文二百六十字的《心经》，内容你看得懂与否，也并不重要，只要念念、抄抄，心自然清了。

日本人的习惯，将《心经》分为十七八字一行，一共十六行，他们的写经纸也大多数用这种规格去订，如果有兴趣买来用用亦无妨。书完《心经》，已知心无挂碍了，没有什么中国人和日本人的分别，大家都抄同一种《心经》，格式相异，又如何？

等到把抄经的基础打好，就可以玩了。

怎么一个玩法？

在扇面上写着“涅槃”两个大字呀！要不然，在横匾上写写“三藐三菩提”，亦甚飘逸。

但是，抄《心经》的最大好处，是在家人和朋友有病难，自己感到无奈时，写来回向给他们，这是真正的“以表心意”了。

---

① 一说为欧阳询所写。目前尚难确定是其所写，还是别人集字而成。——编者注

抄经的喜悦

了解了《心经》大概的意思之后，便可以开始抄经了。

为什么要抄？念念不就行吗？说得也对。但做任何事，注意力集中，总是好事。

念《心经》，总不比抄《心经》来得印象深刻。

我们有了疑问，有了烦恼，求佛，是一个轻松的方向。在念《心经》的过程中，我们得到平静，如果能抄抄经，那更可以像经文中所说："心无挂碍，无挂碍故，无有恐怖，远离颠倒梦想。"更是"能除一切苦，真实不虚"了。

抄《心经》应有一个仪式，但很繁复，让和尚僧人去做吧。我们俗人，至少要做到的，是沐沐浴，或最基本的洗干净手。

然后，可能的话，焚一炉香。学会焚香也是一种乐趣。首先找个香炉，里面铺满香炉灰，点着引子，把削得细小的檀香木一根根架成三角形，最后看它慢慢燃烧。

“哗，何必那么大阵仗？”你说。

好，点一根香，总行吧？

在书桌上铺一张纸，最好是有红线分行的那种，不然白纸也行，看着经文，开始抄经。

我的书法和篆刻老师冯康侯先生教导：“临帖时，别一个个字照抄，而是一句句照抄。”切记，切记。

用什么工具都行，钢笔也无妨，但最好是毛笔。别怕，它只是一管竹和一撮毛的组合，不是怪兽。我们永远是主人，它是奴隶，如果你会用筷子，就能掌握毛笔。

担心写不好的话，可以把第一句的“观自在菩萨”写完再写，写个五十次，你便知道不是那么难嘛，那么就可以重复再抄第二句的“行深般若波罗密多时”了。

什么字体呢？楷书、行书、隶书或草书？都行。

《心经》是庄严的，我还是建议先用楷书，抄熟之后再用行书也不迟。

临字帖，当然要选最好的古人字迹，书法家从古至今无数，但精华来自老祖宗王羲之，止于苏轼、米芾、黄庭坚和蔡襄的宋朝四家。

王羲之的字可从集字《圣教序》学起，而“宋四家”的各有名帖；《圣教序》中字形很多，可以找来写《心经》，而其余名家的，可从《宋四家字典》一个个字翻出来。

如果你嫌这一切都太麻烦，那么用你自己的字形去抄好了，不要紧的，只要你肯做。

我自己的抄经过程中，临摹过很多名家的《心经》全文，最后我发现字体最安详只有弘一法师的书法。

弘一法师是丰子恺的老师，原名李叔同，早年留学，是个公子哥儿，演话剧、办文艺活动。临魏碑，书法极美。返国后当老师，又能作曲，留下不少儿歌，最后出家。

因为他是位知识分子，对佛教的理解有别于平凡的和尚，我认为阅读他的演讲稿和论文，足矣。

法师晚年的书法，已尽失火气，达到最平静的层次，是真正的和尚字，而书《心经》，有什么好过和尚字呢？

原稿可从《弘一法师全集》中找到，内地也出版过线装书的精装本，可以买来临摹，最为完美。

学写字，最初要求变化，把《心经》中出现最多的“色”“空”“无”那几个字，用不同的结构去使用，像“無”字有时写成简写的“无”等。

到了弘一法师的《心经》字体，纯朴可爱，重复就重复，也不必变化了。能领悟这种心态，又更进入深的一层。如果像《心经》上所说：“是无上咒，是无等等咒。”那么，弘一法师的书法，是无上书法，是无等等书法。

在一九二三年，弘一法师曾受印光大师的教导：“若学经，宜如进士写策，一笔不容苟简，其体必须依正式体。”所以他用的都是楷书，一笔一画皆以缓慢、恭敬的节奏进行。

我们学习弘一法师的书法，必须学习这个精神。用和平的心态来写《心经》时，就可以气定神闲地走入“静”的境界里。

而弘一法师在圆寂之前，最后写的四个字，并不像和尚字，这“悲欣交集”四个字最美，最自然。法师生前喜欢写的一副对联是：“自性真清净，诸法无去来。”达到这个境界，他的“悲欣交集”，不必用和尚字，是真性字了。

老

生老病死这个人生必然的过程，“病”是最多人讨论的；“生”，理所当然，没什么好谈；“死”，中国人最忌讳，从前不敢去提到它。今天要聊的是“老”。

得从时间角度去看，我们十几岁时，觉得三十岁的人已经很老。到自己是三十的阶段，就说六十方老。古来稀了，还自圆其说：“人老心不老。”

我们对渐进式的改变从来没感觉，一下子从儿童到中年到晚年。讥笑别人老的，自己也一定有报应。丰子恺先生在三十多岁时已写了一篇叫《渐》的文章，分析这种缓慢的变化过程，可读性极高。

为什么我们对“老”有那么大的恐惧呢？皆因那些孤苦伶仃、行动不便的人给我们的印象，以为大家老了，就会变成那个样子。

你不想老吗？商人即刻有生意可做，什么防皱膏、抗老药在市面上一大堆，还有我们的整容医生呢。但是，一切枉然，老还是要老。

应该怎么老呢？我觉得老要老得有尊严，老要老得干干净净。

不管你有钱没钱，一件衬衫总得洗净烫直。做得到的话，怎么老都可以接受的，不一定要穿什么名牌。

中国人不会，旅行时就要向外国人学习了。他们当然也有衣着褴褛的例子，但是一般注重外表，像在巴黎香榭丽舍，到了秋天，路上两排巨木的叶子变黄，一辆小雪铁龙汽车停下，是深绿色。走下一对穿咖啡色毛衣的老夫妇，在街中散步。一切金黄，和落日统一起来，有多么美妙！

香港人有必要学老，因为他们是全世界最长寿的人之一，男人平均年龄七十九、八十岁，女人八十六七岁，俱列世界第二位。

如何学老呢？从年轻开始，就要不断学习，别无他途。学识丰富了，任何一种专长都可以用来作生财工具，我们就可以不怕穷、不怕老了。

年轻人，别再打电子游戏机和听无聊的流行音乐了。不然，你就会变成你想象中的“老”。

笑看往生

香港剩女飙升，三个女人一个独身。

报纸上的大标题。

这我一点兴趣也没有，不嫁嘛，又不会死人。

会死人的，是接着报告的香港人口持续老化。六十五岁以上港人，将由二〇〇九年约十三个巴仙，增至二〇三九年的二十八个巴仙。四分之一以上的人口是老人。

死亡人数按比例，会增加到每年八万零七百个。

那么多人离去，不关你事吗？那是迟早的问题，我们总得走。但是怎么一个走法？没有人敢去提起。中国人，对死的禁忌，是根深蒂固的。

避些什么呢？反正要来，总得准备一下吧，尤其是我们这群被青年人认为是七老八十的，虽然，我们的心境比他们还年轻。

勇敢面对吧。死，也要死得有尊严；死，也要死得美丽。

轮到你决定吗？有人问。

的确如此，但是，凡事都有计划，现在开始讨论，也是乐事。

首先，对死下一个定义："死不是人生的终结，是生涯的一个完成。"

我们要怎么在落幕前，向大家鞠个躬退去呢？最好是照着自己的意思去做，需要一点知识和准备。

最有勇气的死，就是视死如归，说到这个"归"字，当然是回到家里去死才安乐。

但事不如愿，根据一项调查，最后因病死在医院里的人还是占大多数。

为什么要在医院？当然想延长寿命呀。但是已到了尾声，延来干什么！决定自己什么时候走，不是更好吗？

家人一定反对，反对个 ×！不说粗口都不行，我的命不是你的命，你们有什么权利来反对？

友人牟敦芾说过："我一生人做的最后悔的事，就是反对医生替我爸爸终结生命。"

这句话，家人一定要深深反省。

尤其是对患了末期癌症的人，受那不堪的痛苦折磨，家人还不许医生打麻醉针，说什么会中毒，反正要死了，还怕什么中不中毒？

如果你问十个人，相信有九个是不想在医院死的，但他们还留在医院，可能也顾虑到家人的感受，不想给大家增加麻烦，而绝对不是自己所要的。

我劝这种人不必想太多，要在家里终老就在家里终老，反正这个家是你的家，你想怎么样做，也没人可以反对，而且可以省掉他们整天跑到医院来看你。

虽然说医院有种种设施，但那是救命用的，你不想救，最新、最贵的仪器又有什么用？

在家静养，请个护士，所花的钱也不会比住病房贵呀。找个相熟的医生，请他替你开止痛药、医疗麻醉品，等等，教教家人怎么定时服食和打针，也不是什么难事。

但是孤单老人又怎么办？有一条件，就是得花钱。反正是带不走的，这个时候不花，等什么时候花？护士还是要请的，这笔钱，要在能赚时存下来，所以说死，也得准备，千万不能等。

香港人多数有点储蓄，买些保险留给后人，大家想起老人早走，也可以省下一点，也就让你花吧。

最坏的打算，已安排好。万一侥幸能够活到油枯灯灭，那就最为幸福，我母亲就是那样走的。也许，可以像弘一法师一样，回到寺庙，逐渐断食，走前写了“悲欣交集”四字后，一笑归西。

葬礼可以免了，让人一起悲哀，何必呢？死人脸更别化妆给人看，那些钱，死前花吧。开一个大派对，请大家吃一顿好的，有什么好话当面听听，才是过瘾，派对完毕，就跟着谢幕好了。

骨灰撒在维多利亚海港，每晚看到灿烂的夜景，更是妙不可言，你说是吗？

第三章

访问自己

我所谓的学问，并不深。种花、养鸟、饲金鱼。简简单单的乐趣，都是学问。看你研究得深不深，热诚有多少，做到忘我的程度，一切烦恼就消失了。

关于写作（上）

问：“谈过关于你对人生、宗教等看法，你本身是个作家，还没问过你写作的事，是什么时候开始写的？”

答：“你我一样，都是在念小学的时候，老师叫我们作作文开始写的。”

问：“正经一点好不好？”

答：“我讲这句话，是有目的的。等一会儿再转回来谈。如果你是问我从什么时候赚稿费，那是在中学。我投稿到一家报馆，发表了。得到甜头之后陆续写，后来靠稿费带女同学上夜总会。”

问：“从那时候写到现在？”

答：“不。中间去外国留学就停了，后来为事业奔波，除了写信之外，没动过笔。四十岁时工作不如意，才开始写专栏。”

问：“是谁最先请你写的？”

答："周石先生。那时候《东方日报》好像由他一个人负责，包括那版叫《龙门阵》的副刊。周石先生很会发现新作者，他常请人吃饭，私人聊天，听到对方在饭局上说故事说得精彩，就鼓励他们写东西，我是其中一个。"

问："后来你也在《明报》的副刊写过？"

答："是，我有一个栏，叫《草草不工》，用到现在。"

问："《草草不工》不像一般专栏的栏名，为什么叫草草不工？"

答："草草不工，不工整呀！带谦虚的意思。当年向冯康侯老师学书法和篆刻，他写了一个印稿给我学刻，就是'草草不工'这四个字，我很喜欢。这方印，在报纸上也用上。"

问："那时候的《明报》副刊人才济济，很不容易挤得进去，是怎么让你在那里发表的？"

答："在《龙门阵》写，有点成绩，才够胆请倪兄推荐给金庸先生。当年金庸先生很重视这一版副刊，作者都要他亲自挑选，结果他观察了我一轮文章之后，才点头。后来做过读者调查，老总潘粤生先生亲自透露，说看我东西的人最多，算是对金庸先生有个交代。"

问："怎么写，才可以写得突出？"

答："要和别人有点不同。当时的专栏，作者多数讲些身边琐碎杂文，我就专门讲故事，或者描写人物，或者谈谈旅游。每天一篇，都有完整的结构。几位写得久的作者说我写得还好。问题在于耐不耐久，他们没想到我刚开始就有恃而来的。"

问：“这句话怎么说？”

答：“停了写作那几十年之中，我不断地与家父通信，大小事都告诉他，一星期一两封。我也一直写信给住在新加坡的一位长辈兼老朋友曾希邦先生。写了专栏，我请他们二位把我从前写过的信寄下来，整箱整箱地寄，等于是翻日记，重看一次，题材就取之不尽了。”

问：“你的文章中，最后一句时常令读者出乎意外，这是刻意安排的吗？”

答：“刻意的。我年轻时很喜欢看欧·亨利的文章，多多少少受他的影响。爱上他写作技巧终局的Twist①。周石先生说那是一颗‘棺材钉’，钉上之后文章就结束。”

问：“怎么来那么多棺材钉？”

答：“一篇文章的结构，跳不出起、承、转、合这四个步骤，但是不一定要依这个次序去写，把‘转’放在最后，不就变成棺材钉吗？”

问：“要经过什么基本训练的吗？”

答：“基本功很重要。画画要做素描的基本功，写字要做临帖的基本功。”

问：“什么是写作的基本功？”

答：“看书呀。像干电影的人，不看电影怎行？写作人基本上

---

① Twist：指（故事或情况的）转折。——编者注

是一个勤于读书的人。需要从小就爱看书，从小不爱文学，最好去做会计师。”

问：“你是看什么书开始的？”

答：“小时看连环图，大一点看经典，像《三国演义》《水浒传》《西游记》《红楼梦》等，都非看不可，中学时代是做人一生之中最能吸收书本的时候，什么书都生吞活剥，只有在这年代你才有耐性把长篇的《约翰·克利斯朵夫》《战争与和平》《基督山伯爵》等看完。像一个发育中的小孩，怎么吃都吃不饱。经过那段时期，就很难接触到那么厚的书了，当然，除了金庸先生的武侠小说。”

问：“我也经过那段时期，我也想当一个专栏作家，你认为有可能吗？”

答：“啊，现在可以回到刚才所说的，做学生时你我都写过作文。我认为会走路的人就会跳舞，会举笔的人就会写文章。你想当作家？当然可能，不过跳舞的话，跳步总得学，写作也要练习。光讲，是没有用的；你想当作家，就先要拼命写、写、写。发表不发表，是写后的事。为了发表而写，层次总是低一点。不写也得看，每天喊着很忙，很忙，看来看去只是报纸或杂志，视线都狭小了。眼高手低不要紧，至少好过连眼都不高。半桶水也不要紧，好过没有水。当今读者对写作人的要求不高，半桶水也能生存，我就是一个例子。”

关于写作（下）

问：“你为什么不用粤语写作？”

答：“我也想尝试，但是我的广东话不灵光。香港有许多用粤语写作的文人，因为他们是以粤语思考。我写东西，脑子里面讲的是华语[①]，所以只懂得用这方法写作，而且，我觉得华语能够接触到某一种方言以外的读者。写东西的人，内心里都希望多一点人能够看到。”

问：“所以人家说你的文字简洁，就是这个道理？”

答：“只答中一半。我选用的文字，尽量简单，像你我在聊天，我没有理由用太多繁复的字眼。当今的华文水平愈来愈低落，有

① 华语：中国港澳地区及海外华人对汉语言，包括自己家乡话的习惯称谓。——编者注

些人还说金庸先生的作品是古文呢。(笑)文字简单也是想多一点人看得懂。至于说到那个'洁'字，是受了明朝小品的影响，那一代的作家，短短的几百个字就能写出一生人的故事。我很喜欢。但对于赚稿费，一点帮助也没有。(笑)"

问："你的文章看了好像随手拈来，是不是写得很快？"

答："一点也不快。一篇七百字的东西要花一两个钟头。写完重看一遍，改。放了一个晚上，第二天再看，再改。这是我父亲教我的写作习惯。至于题材，则无时无刻不在思考，想到一个，就储起来，做梦也在想，现在和你谈天，也在想。"

问："你一共出了多少本书？"

答："已经不去算了，反正天天写，七百字的短文一年可以集成三本左右，一星期两千字的，一年集成两本。写餐厅批评八百字的，一年也是两本。"

问："都是发表过的文章？没有为了出版一本书而写的吗？"

答："先在报纸和周刊上赚了一笔稿费再说，中文书的销路实在有限，单单出书得不到平衡。"

问："为什么你讲来讲去，都讲到钱？"

答："为理想而不顾钱的阶段，在我人生也发生过，但是不多。不过钱多一个零少一个零对日常生活也没什么改变，钱只是一种别人对自己的肯定，我是俗人，我需要这份肯定。"

问：“要是在美国或日本的话，你的版税一定不得了。”

答：“我从前在电影公司做事，一位上司也向我这么说。我回答说当然不得了，但是如果我生活在泰国，谁会找我出中文书？要是我在柬埔寨写作，早就被送到杀戮战场。做人，始终是比上不足，比下有余，知足常乐。”

问：“听说你的稿费很贵？到底有多少？”

答：“唉，年老神衰，写不了那么多，对付那些前来邀请的新办杂志编辑，我只有吹牛说人家付我每年一百万港币，你给得起的话，再说吧！”

问：“你的稿费就算再高，研究纯文学的那班人从来看你不起，他们一向提都不提你。”

答：“（嬉皮笑脸）不要紧。”

问：“你有没有想过你的文章能不能留世？”

答：“倪兄也遇到一位所谓纯文学，或者叫为严肃文学的作者。她说：‘你的书不能留世，我的书能够留世。’倪兄听了笑嘻嘻地说：‘是的，我的书不能留世，你的书能够留世。你留给你儿子，你儿子留给你孙子，就此而已。’倪兄又说：‘严肃文学，就是没有人看的文学。’”

问：“哈哈。他真绝。”

答：“能不能留世，根本就不重要，最重要的是保持一份真，有了这份真，就能接触到读者的心灵。倪兄说过我就是靠这份真吃饭，吃了很多年。”

问：“你难道一点使命感也没有吗？”

答：“有了使命感，文字一定很沉重，和我的个性格格不入。”

问：“你的文章中有很多游戏，又有很多歪曲事实的理论，不怕教坏青少年吗？”

答：“哈，要是靠我一两篇乱写的东西就能影响青少年，那么教育制度就完全崩溃，每天花那么多小时读的书，都教不到他们判断力，多失败！”

问：“你写的多数是小品文，为什么不尝试小说？”

答：“我也写过一本叫《追踪十三妹》的小说呀。”

问：“我看过，还没写完。”

答：“我会继续写的，都是用第一人称，新书只说一个新人物，也认识十三妹这位六十年代的专栏作家。写多几本，也是把每一个人物都串联起来，我这一生人，只会写这一辑小说。”

问：“什么时间才写？”

答：“等我停下来。”

问：“你停得下来吗？”

答：“（呆了一阵子）大概停不下来吧。”

问：“对于写作，你可以作一个结论吗？”

答：“记得十多年前有本杂志，叫什么《读书人》的，请了金庸先生亲笔写几个字，他老人家录了钱昌照老先生的《论文》诗，诗曰：‘文章留待别人看，晦涩冗长读亦难；简要清通四字诀，先求平易后波澜。’”

关于出版

问："是否可以谈谈你出版过的书？"

答："哈，做访问时，很少人提到这方面去，我是最乐意谈论和回答的。"

问："你一共出版过多少本书？"

答："没去算过，一百本吧。"

问："哇，那么多！"

答："几十年写了下来，集呀集呀，就变成那么多了，我自己也感到惊讶。"

问："第一本在什么时候？书名叫什么？"

答："忘记了，几十年前吧。书名叫《蔡澜的缘》。"

问："为什么取了那么一个名字？"

答："我最初在《东方日报》的副刊《龙门阵》写专栏，栏名叫《缘》，聚集了那些方块，出了书，就叫那个名字。”

问：“是‘天地图书出版社’出版的吗？”

答：“我的书，大多是‘天地’出版的。第一本却不是，是‘博益’出版。后来绝了版，他们不再印了，我讨了回来，交给‘天地’重印。”

问：“每本书出多少版？能赚多少钱？”

答：“有的好几版，有的几十版，不一定。至于说到能赚多少钱，香港书籍的版税是少得可怜的，根本和付出的努力不成正比，所以我们这些所谓的作家，要靠报纸或杂志的专栏先赚一笔，书再赚少少，不然心理取不到平衡，作家会发疯的。”

问：“要是在欧美或日本出那么多书，版税一世人都吃不完。”

答：“是呀。从前我有个上司，每次经过我的书架，都酸溜溜地那么说，以为我利用工作时间写作，其实我是牺牲自己的睡眠。我回他说，在美国吃不完，在新加坡、马来西亚或泰国，要自费才出得了书，要是在当年的柬埔寨，就要被拉去杀戮战场了。在香港只能赚一点点，算是福气。”

问：“你的书，书名多数是四个字，像《雾里看花》《浅斟低唱》等，和书的内容有关系的吗？”

答：“完全没有关系，只取意境。”

问：“有没有不喜欢的？”

答：“有一本叫《花开花落》，含意在纪念父亲。有一本竟然交在我哥哥的手上，他晚年很喜欢看我的书，在病榻上抓了这一本，过些日子就去世了，让我感到特别的心痛。”

问；“书上的题字都是由令尊写的？”

答：“最初的是，家父过世后，我从他的手稿中集字为题，后来的是自己写了，但也用他的名字。封面绘图照样是苏美璐画的，比内容精彩。”

问：“内容全部是小品文吗？”

答：“也不是。有两三本是小说，像《吐金鱼的人》和《追踪十三妹》。”

问：“为什么《追踪十三妹》没有续集？”

答：“没时间写，我希望有一天少了每天写专栏的重担，再继续。写的是一个时代，人物来来去去都围绕着十三妹。”

问：“《追踪十三妹》有很多性爱描写，有必要吗？”

答：“十三妹是个真人，花了七年工夫才收集了资料写的，我认为有了性爱，她更会活生生。”

问：“那本《觉后禅》呢？”

答：“是李渔的《肉蒲团》改写的，本来要拍成电影，拍不成，就写成白话文的版本。‘天地’是间正经的公司，由他们改了一间出版社出版。”

问：“这些书在内地出版了吗？”

答：“我见过盗版的。很多书都有盗版，最初的粗糙了一点，愈来愈精美，据说很畅销。如果没有盗版，也可以捞好大的一笔。”

问：“现在的呢？”

答：“现在已有正版了，反而没那么好卖。”

问：“在《亚洲周刊》中有个书籍流行榜，你的书在新加坡都曾经榜上有名，为什么马来西亚反而没卖？”

答：“寄去新加坡的书，也只不过那几百本，榜上有名算得了什么？马来西亚的盗版很猖狂，连书也懒得寄去。如果正版好好开发，倒有一笔收入。盗版印得最好的一本叫《荤笑话老头》的，缩小成口袋书，精美得不得了。询问之下，原来是一个和尚翻印，我想找他说声谢谢，他以为我要找他麻烦，逃之夭夭。”

问：“你不介意人家盗版吗？”

答：“介意也介意不来，怎么追讨？如果模仿是一种恭维，盗版也当成恭维好了。懊恼的是香港的中央图书馆也进了盗版书，但推说是供货商的错。我发了律师信，供货商怕了起来，原来是官方机构，后来托人来讲和，说会替我出，但也不了了之。”

问：“书店卖你的书，你有什么要求吗？”

答：“我曾经要求出版得最多的‘天地’，在他们的湾仔门市部中给我一个专柜，像‘亦舒专柜’‘李碧华专柜’等，让要找我的书的人一下子能看到，把书编起号码，一卖完就补印。但是负责人刘文良答应了半天，始终没做到。现在他人去世了，看样子没法子完成我这个心愿。”

问："那么你也会一直写，一直出书吗？"

答："有一天，我疲倦了，就不写了，不写哪有书出？全世界的读者都是一样，作者活着的话就不觉得珍贵。还是预先宣告死亡，也许书能卖得更多。哈哈哈哈。"

关于收藏

问：“文人通常收藏些字画，你有没有？”

答：“我不例外，很少罢了。最珍贵的是书法和篆刻的冯康侯老师作品。老师生前我不敢向他要，他自动送了我一两幅，过世后我也向人买了一些，就此而已。”

问：“你的另一位老师丁雄泉呢？”

答：“送过一幅小的。另外有一幅是他白描，由我上色，他为了我题上两人合作的字句，真是抬举我了。”

问：“其他呢？”

答：“有几幅西洋画的亨德森（Gerard Henderson），和一些弘一法师及丰子恺先生，都是我心爱人物的作品。”

问：“按你现在的经济条件，收藏一些名人字画，是买得起的呀。”

答：“名人画也有好坏，不是精的买得起，精的买不起。精的留着在博物馆看，不精的不值得收藏。”

问：“你从来没有当过收藏是一种投资吗？”

答：“（叹）我不知说过多少次。收藏字画或其他艺术品，等到有一天要拿出来变卖，就倒了祖宗十八代的霉了。如果当成投资的话，早就改行去学做古董鉴定家了。”

问：“小的时候呢？”

答：“小的时候也和同学一样，学过集邮，也下了不少功夫，如果能留到现在也许值钱，但中途搬家搬了好几次，也散失了。”

问：“年轻时呢？”

答：“在日本那个年代，也收集过不少火柴盒，但一下子就厌了，全部扔掉。不过买打火机和烟灰盅的兴趣还是有的，每到一个新的地方，看到有特色的，一定买，不过不会花太多钱。多年下来，也有好几百个。”

问：“近来听说你要戒烟了？”

答：“咳得厉害，看来是要戒的。”

问：“那么那些打火机和烟灰盅呢？”

答：“可以编好号，集中起来卖掉，钱捐出去；卖不掉的话，找个我喜欢的人，也抽烟的，送给他好了。”

问：“还有什么舍不得分给人的呢？”

答："只有茶盅了。"

问："茶盅？"

答："也有人叫为盖碗。旧式茶楼像陆羽和莲香，到现在也用来沏茶的瓷器。喝普洱的话，叶粗，用紫砂工夫茶壶不实际，还是用茶盅好。"

问："你收藏的是什么茶盅？"

答："只限于民国初期的。"

问："为什么？"

答："比民国初期还要老，像清朝的，太贵了，买不起，还是去博物馆看。当今的，手工太粗，胎太厚，手感不佳，又俗气的居多，不值得买。"

问："民国初期的茶盅有什么特别？"

答："都是生活中用的，很平凡，但是当年的人比较优雅，做出来的普通用器，有很高的品位。我从四十年前来香港时开始收集，最多是三四十块港币一个。"

问："现在呢？要卖多少？"

答："至少四五百吧？有的还叫到一两千呢。"

问："那你有多少个？"

答："很多。"

问："你会拿来用吗？"

答："（笑）当然。这些所谓的半古董，打破了也不可惜。玩艺术品的境界，是摩挲。不拿在手上用，只是看，不过瘾的。”

问：“怎么用？”

答：“每天拿来沏茶呀。春天用花开鸟鸣的图案，夏天是古人树下纳凉，秋天一片枫叶，冬天大雪中烹茶，还有大大小小，各种不同的状态，都可以变化来用。”

问：“你可以看出是真品吗？怎么看？”

答：“我不贪心，只研究一样茶盅，也只学民国初期的。像一个当铺学徒，从好货看起，我很努力地去博物馆看，看久了，知道什么是真的，什么是假的。”

问：“买过假的吗？”

答：“当然。但是假得好，假得妙，也当是真的。”

问：“打破了多少个？”

答：“无数，多是菲律宾家政助理经手的。我自己洗濯时很小心，旅行时也带一个，放在锦盒中，不会碎。薄胎的茶盅很有趣，用久了总会有一道裂痕，但不会漏水出来，冲入滚水之后，瓷与瓷之间的分子相碰，竟然会发出‘锵’的一声，像金属的撞击声，很爽脆，很好听。”

问：“我从来不会用茶盅。只懂得用茶壶，用茶盅会倒得满桌都是茶。”

答：“没有一个人从开始就会用茶盅的，都得经过训练。我开始的时候也和你一样，倒得满桌都是，后来立心学，买一个普通茶盅，在冲凉时拼命学斟，一下子就学会了，你也应该学会的。”

关于烦恼

问：“看你整天笑嘻嘻的，你到底有没有烦恼？”

答：“哈哈哈哈。”（干笑四声）

问：“那怎么没看到你写关于你的烦恼的文章？”

答：“我想我基本上是一个很喜欢娱乐别人的人，干了半辈子的电影，多少也是一种娱乐事业。喜欢娱乐别人的人，怎会把自己的烦恼告诉人家？”

问：“哭也是一种娱乐呀。”

答：“你去做好了。”

问：“我们年轻人怎么克服烦恼呢？”

答：“没得克服，只有与它共存。”

问：“怎么共存？”

答：“一切烦恼，总会过的。我们小时候烦恼会不会被家长责骂。大了一点，担心老师追功课。思春期为失恋痛苦。出来做事怕被炒鱿鱼。但是，这一切不是都已经过了吗？一过，就觉得当时的烦恼很愚蠢，很可笑。我们活在一个刷卡的年代，为什么不预支快乐？既然知道一过就好笑，不如先笑个饱算数。”

问：“这不是阿Q精神吗？”

答：“什么叫阿Q精神，你还弄不懂，你想说的是逃避心理吧？逃避有什么不好？逃避如果可以解决困扰，尽管逃避，有些事，避它一避，过后它们自动解决。”

问：“说是容易，做起来难呀！”

答：“这我知道，但是说比不说好，想比不想好。”

问：“你难道没痛苦过吗？”

答：“痛苦分两种，精神上的和肉体上的。精神上的痛苦是想出来的。不想，痛苦就没了。肉体上的痛苦才是真正的痛苦。人家砍你一刀，你一定会痛苦。女朋友走了，你认为还有新的，就不痛苦。肉体上的痛苦？好解决呀！拼命吞必理痛（Panadol）就是。”

问：“什么情形下才产生烦恼？”

答：“个人看得开的话，烦恼不出在自己身上，是出在你周围的人身上。喜欢的人，在不知不觉之中，完全变成另一个人，而你自己又改变不了对方的想法，烦恼就产生了。”

问：“我们年轻人怎么解决？”

答：“没得解决。一、就是离开这个人。二、就是强忍。都是看你爱对方爱得有多深。其实，也都是自己想出来的。因为你两者都想要，或者两者都做不了。烦恼就来了。”

问：“宗教信仰能不能帮你解决？”

答：“那才是叫作逃避。”

问：“我们年轻人，分不开，也不懂。”

答：“你别整天把‘我们年轻人’挂在口中，我们也年轻过。年轻时分不出什么是烦恼，什么是一定要活下去。年轻人享受体验烦恼的感觉，就像辛弃疾所说：‘为赋新词强说愁。’大家都有过这个阶段，醒悟得早，醒悟得慢，要看一个人的灵性了。”

问：“活下去是那么重要吗？”

答：“有时，是一种无奈。”

问：“多愁善感，美不美？”

答：“不美，什么事都想到负面上去，这种人要避开。林黛玉也许很吸引年轻人，但这种女人闷死人，整天哀哀怨怨，烦都烦死了。”

问：“那是天生的呀？”

答：“我也承认这一点，所以愈来愈相信宿命论，遗传基因决定一切。物以类聚，让他们相处在一起，互相享受好了。我们不同的人，要避开。”

问：“避不了呢？”

答：“又要回到爱得有多深、忍与不忍的问题了。”

问：“（懊恼）说来说去，还不是没说得好。”

答："有一种办法，叫作自得其乐。"

问："怎么自得其乐？"

答："做学问呀！"

问："普通人怎么要求他们去做学问？"

答："我所谓的学问，并不深。种花、养鸟、饲金鱼。简简单单的乐趣，都是学问。看你研究得深不深，热诚有多少，做到忘我的程度，一切烦恼就消失了。你已经躲进自己的世界，别人干扰不了你。"

问："做买卖算不算是学问？"

答："学问可大着呢。研究名种马的品种也是学问。"

问："我什么都不会，也没有兴趣，怎么办？"

答："看漫画有兴趣吧？"

问："有。"

答："什么漫画都看好了。中国的连环图，日本的暴力书，英国式的幽默。等你看遍了，就是漫画专家，别说没有烦恼，还可以靠它赚钱呢。"

问："我明白了，所以你又拍电影，又写作，又学书法和篆刻，又卖茶，又开餐厅，你的烦恼，一定很多。"

答："……"

关于照片

问：“你主持过一些电视节目，有没有人要求和你拍照片？”

答：“有些认出我的人，等了好久才鼓起勇气，问我可不可以和他们拍一张照片。我总是说：‘我正在担心你会不会这么问呢。’”

问：“你有耐性吗？”

答：“有。不过有些人也实在要求多多，来了一张又一张，贪得无厌时，我会借故走开。通常拍完一张之后他们总会说再来一张的，我做个顺水人情，没等他们开口，先说：‘补一张保险吧。’”

问：“有什么苦与乐？”

答：“乐事是遇到一对夫妇、五兄弟姐妹。他们老是说：‘你站在中间。’你知道的，中国人迷信：拍照片站在中间的人会死掉。如果这种迷信是真的，我不知道死了多少回。苦中作乐，看到拿相机的人总是强闭着一只眼睛，嘴巴也跟着歪了，表情滑稽，就笑了出来。”

问：“眼睛不花吗？”

答：“花。有时一群人围过来，先拍张团体的，又一个个要单独照，眼前闪光灯亮个不停，留下黑点，弄得头晕，是常事，也惯了。”

问：“什么情形之下你会觉得不耐烦？”

答：“又换角度，又对焦，左等右等就有点烦，他们比相机还要傻瓜。”

问：“会不会到讨厌的程度？”

答：“一般都不会，有时出现个非亲非戚的生人，一下子就来个老友状，勾肩搭膀，如果对方是个大美人，又另当别论，否则真想把他们推开。最恐怖的是有些大男人还要抓你的手，一捏手汗湿淋淋，我又没有断袖之癖，真有点恶心。”

问：“但是总得付出代价的呀！”

答：“说得不错。不过如果能照成龙的主意就太好了，成龙说最好是弄个箱子，要求合照就捐五块、十块，给联合国儿童基金。他老人家收获一定不错，我就做不了什么大生意，最好是把箱子里的钱偷去买糖吃。”

问：“我们记者来做访问，通常都带个摄影师来拍几张，你不介意吧？”

答：“摄影师大多数要求‘把手放在栏杆上’或者‘双腿交

叉着站'，等等。我都很听话，有时还建议：'要不要我把一张椅子放在面前，一脚踏上去，手架在腿上，托着下巴？'这种姿势，三四十年代最为流行。"

问："哈，你也照做？"

答："我只是说着玩的，他们真的那么要求，我就逃之夭夭。"

（这时候摄影师走过，向我说："请等一等，我把背后的那盆花搬开。"）

答："我说一个故事给你听。从前我在邵氏制片厂工作，有一位叫张彻的导演，当摄影师要求道具工人把主角背后的东西搬来搬去时，张彻一定对摄影师说：'你看到背景是什么的时候，你一定看不到主角脸上的表情。'"

问："哈哈，杂志和报纸上登出来的照片，你满意吗？"

答："没什么满不满意的。不管摄影师拍得好不好，回到编辑室，老编总是选那几张最难看的，他们在这一方面特别有才华。"

问："你珍不珍惜报道你的文章和照片？"

答："我不太去注意。有些人不同，他们一生人没什么机会见报，所以特别重视。又有些人给水银灯一照，即刻上瘾，非制造些新闻出来不可，这是一种病，他们本人并不觉察，还拼命向记者说把名和利看得很淡，不爱出风头。其实他们一早就去买报纸和杂志，翻了又翻，看到照片小了一点，就伤心得要命。真是可怜！我才不会那么蠢——我知道有时一群记者围着你拍照，隔天一张也不登出来是常事。”

问：“你觉得还是低调一点比较好？”

答：“我也不介意以高姿态出现。干的是娱乐人家的事业嘛，要避也避不了，假什么惺惺？有些人口口声声说低调，结果杂志登出来的照片都是摆了甫士[①]的，连他们的家里和办公室都拍出来，从家具和陈设看来，品位奇低。”

问：“对狗仔队，你有什么看法？”

答：“是一种职业。外国老早就有了，不是我们发明的。说是狗仔队跟踪，哪有那么巧？拍出来的照大多数像是事先安排，被拍的人心中有数，天下也没那么好的望远镜头，狗仔队跟踪的人怎么毫不知情？如果连这一点也不够醒目，那么丑事被拍下也是活该。”

问：“狗仔队会不会跟踪你？”

答：“我总是事先声明：‘寡人有疾，寡人好色。’就算搞什么绯闻，编辑老爷看到了狗仔队拍出来的照片，往字纸篓一丢，骂道：‘理所当然的事，有什么好拍的？’”

问：“那你一点也不怕狗仔队？”

答：“怕。”

---

① 甫士：英文“pose”的音译，意为姿势。——编者注

问：“怕什么？”

答：“怕从麦当劳快餐店走出来，被拍一张，一世功名，毁于一旦。谁说我不怕？”

关于身世

问：“你真会应付我们这群记者。”

答：“（笑）这话怎么说？”

问：“我们来访问之前，你就先问我们要问什么题目。问吃的，你把写过的那篇访问自己关于吃的拿给我们；问到电影的，你也照办，把我们的口都塞住了。”

答：“（笑）不是故意的，只是常常遇到一些年轻的阿猫阿狗，编辑叫他们来访问，他们对我的事一无所知，不肯收集资料，问的都是我回答过几十次的。我不想重复，但他们又没得交差，只好用这个方法了。自己又可以赚回点稿费，何乐不为？（笑）但是我会向他们说，如果在我自问自答的内容中没有出现过的问题，我会很乐意回答的。”

问：“（抓住了痛脚）我今天要问的就是你没有写过的：关于你家里的事。”

答：“（面有难色）有些私隐，让我保留一下好不好？像关于夫妇之间的事，我都不想公开。”

问：“好。那么就谈谈你家人的，总可以吧？”

答：“行。你问吧。”

问：“你父亲是怎么样的一个人？”

答：“我父亲叫蔡文玄，外号石门，因为他老家有一个很大的石门。他是一个诗人，笔名柳北岸。他从中国来南洋谋生，常望乡，梦见北岸的柳树。”

问：“你和令尊的关系好不好？”

答：“好得不得了。我十几岁离家之后，就不断地和他通信，一星期总有一两封，几十年下来，信纸堆积如山。一年之中总来我们那里小住一两个月，或者我回去新加坡看他。”

问：“你的一生，有没有受过他的影响？”

答：“很大。在电影上，都是因为他而干上那一行。他起初在家乡是当老师的，后来受聘于邵仁枚、邵逸夫两兄弟，由中国来新加坡发展电影事业，担任的是发行和宣传的工作。我对电影的爱好也是从小由环境培养出来的，那时家父也兼任电影院的经理。我们家住在一家叫大华戏院的三楼，一走出来就看到银幕，差不多每天都在看戏。我年轻做制片时不大提起是我父亲的关系，长大了才懂得承认干电影这行，完全是父亲的功劳。”

问：“写作方面呢？”

答：“小时，父亲总从书局买一大堆书回来，由我们几个孩子去打开包裹，看看我们伸手选的是怎么样的书。我喜欢看翻译的，他就买了很多《格林童话》《天方夜谭》《希腊神话》等品种的书给我看。”

问：“令堂呢？”

答：“妈妈教书，来了南洋后当小学校长，做事意志很坚决，这一方面我很受她的影响。”

问：“兄弟姐妹呢？”

答：“我有一位大姐，叫蔡亮，因为生下来时哭声嘹亮，妈妈忙着教育其他儿童时，由她负担半个母亲的责任，指导我和我弟弟的功课，我一直很感激她。后来她也学了母亲，当了新加坡南洋女子中学的校长，那是一间名校，不容易考得进去的。她现在退休，活得快乐。”

问：“你是不是有一个哥哥和一个弟弟？”

答：“嗯，大哥叫蔡丹，小蔡亮一岁，因为出生的时候不足月，很小，小得像一颗仙丹，所以叫蔡丹。后来给人家笑说拿了菜单（蔡丹），提着菜篮（蔡澜）去买菜。丹兄是我很尊敬的人，我们像朋友多过像兄弟。父亲退休后在邵氏的职位就传给了他，丹兄前几年因糖尿病去世，我很伤心。”

问："弟弟呢？"

答："弟弟叫蔡萱，忘记问父亲是什么原因而取名了。他在新加坡电视台当监制多年，最近才退休。"

问："至于第三代呢？"

答："姐姐两个儿子都是律师。哥哥一男一女，男的叫蔡宁，从小受家庭影响也要干和电影有关的事，长大后学电脑，住美国。以为自己和电影搭不上道，后来在电脑公司做事，派去做电影的特技，转到华纳，《蝙蝠侠》的电脑特技有份参加，还是和电影有关。女儿叫蔡芸，日本庆应大学毕业，做了家庭主妇。弟弟也一男一女，男的叫蔡晔，因为弟妇是日本人，家父说取日和华为名最适宜，晔字念成叶，蔡叶蔡叶的也不好听，大家都笑说我父亲没有文化。女儿叫蔡珊，已出来社会做事。"

问："为什么你们一家都是单名？"

答："我父亲说发榜的时候，考得上很容易看出，中间一格是空的嘛。当然，考不上，也很容易看出。"

问："你已经写了很多篇《访问自己》，是不是有一天集成书，当成你的自传？"

答："自传多数是骗人的，只记自己想记的威风史。坏的、失败的多数不提，从来没有过自传那么虚伪的文章。我的《访问自己》更不忠实，还自问自答，连问题也变成一种方便。回答的当然是笑话居多。人总有些理想，做不到的事想象自己已经做到，久而久之，假的事好像在现实生活中发生过。但是我答应你，在这一篇关于家世的访问，尽量逼真，信不信由你。”

关于岁月的逝去

问："你今年多少岁了？"

答："六十。如果遇到车祸，报纸上的标题是《六十老叟被车撞倒》。"

问："你不避忌谈谈死亡的问题吧？"

答："人生必经之道。避忌些什么？这是东方人的缺点，以为长寿是福，从不谈及死亡的问题，活得不快乐的话，长寿怎会是福分呢？"

问："今后会有什么计划？"

答："小时候，老师鼓励我们，在一个年月的开始，写些要做什么。长大了，不做这些傻事。"

问："你想你会活多久？"

答："目前科学和医学昌明，我要是能够活到七十，不算要求过高吧？一定要我说出一个计划，就来个十年计划。十年过后，如果不是这里痛那里痛的话，那么再订一个十年计划也不迟。”

问：“你有没有想过这个十年计划中，你会做些什么？”

答：“想过。想得老半天，想不出一个头绪。还是随遇而安，一天过一天吧。人的生命，是那么脆弱。从早死的亲戚和朋友，我们可以得到这种结论。计划归计划，现实生活中将会发生些什么，谁知道？”

问：“难道连一个月的也没有？”

答：“我最不喜欢有什么目的或者有什么使命的。如果硬说需要什么指标，那么还是一句老话：希望活得一天比一天更好。今天比昨天快乐，明天又要比今天充实。”

问：“什么叫充实？”

答：“多看书，多旅行，多观察别人是怎么活下去的，多学一点你想学的东西，就会感到充实。像我最近才学会用电脑上网，就有充实感。”

问：“物质上的享受重不重要？”

答：“回答你不重要，是骗你的，我的欲望还是很强。我的一个食评专栏名字叫《未能食素》，和吃不吃肉没有关系，那是代表我对物质的放不下，我还不能达到无欲无求的层次。”

问：“有一天，没有了欲望，你会做什么？”

答：“做和尚呀！”

问："你不是开玩笑吧？"

答："一点也不是在说笑。认真的，那时候来到，我就去泰国清迈，那里我买了一块地，搭一间工作室，用木头刻刻佛像。懂得艺术的和尚多数会受尊敬的。"

问："做了和尚，还管得了受不受尊敬？"

答："（脸红）你说得对。所以我说我六根未净嘛。"

问："还是谈回死吧。"

答："人生下来，自己是不能决定的。但是，我想，死最好能够自己掌握。小时候看过马克·吐温的小说《汤姆·索亚历险记》，主人翁骗大家被淹死了，又偷偷回来看自己的葬礼，那多有趣！"

问："你的葬礼，是怎么样的一个葬礼？"

答："最好是像开大派对一样，载歌载舞，开香槟，不要任何哀愁，只有欢乐。"

问："然后呢？"

答："然后结束自己的生命呀！"

问："可能吗？"

答："高僧都知道自己什么时候死的。像弘一法师，他最后写了'悲欣交集'四个字；我还没决定最后要写哪四个字，给我一点时间想想。"

问："你觉不觉得老？"

答："古人有句'丹青不知老将至'的句子，幸好我的头发虽然白了，但是还没掉光，所以也不感觉老。体力大大不如倒是每天感觉到的，像酒量、像性爱的次数等。思想上可是愈来愈年轻，觉得周围的人都比我稳重。我常开玩笑，说我和年轻人有代沟，我比他们年轻。”

问：“你吃得好，住得好，当然比很多人年轻啦。”

答：“我吃得好，住得好，是年轻时付出了勤劳的代价。我也有经济不稳定的岁月，我不是在说风凉话。和我有代沟的年轻人，是我觉得他们对生活的态度不够积极。”

问：“还有什么想吃的东西？”

答：“很多。但是大部分我都吃过，我现在看到鲍参肚翅就怕怕，宁愿吃豆芽炒豆卜。”

问：“有没有不敢吃的？”

答：“前几天去了东京，那间‘吉野家’的牛丼[①]没有人敢食，我才不怕，照吃不误。疯牛症的潜伏期有十年，如果我有计划，那刚好到期。哈，一老，是人生一张自由自在的通行证。”

问：“真的不怕死？”

答：“人生充实了，对死亡的恐惧相对地减少。我好像告诉过大家这么一个故事：有一次我乘长途飞机，旁边坐了一个彪形

---

① 牛丼（dǎn）：即日式牛肉盖饭。“丼”为日本沿用的中国古汉字，有饭盒的意思。——编者注

大汉的鬼佬，遇到了不稳气流，飞机颠震得厉害，鬼佬拼命抓紧手把，我若无其事照喝我的酒。气流过后，鬼佬看我看得不顺眼，问我：‘你是不是死过？’我懒洋洋举起食指摇了一摇，回答道：‘不。我活过。’”

关于做生意

问："你又卖茶，又卖酱料，你算不算是一个生意人？"

答："基本上，人人都是一个生意人。"

问："你这话是怎么说？"

答："凡是牵涉到钱，就是生意。"

问："作家和艺术家，就不是生意人。"

答："作家卖稿，艺术家卖字、卖画、卖雕塑，也是生意。我的篆刻老师冯康侯先生，生前告诉过我，他开书画展的时候，和过年在维园[①]开档子卖花差不多。他说有时来个买家，还要向他解释这是精心作品，和这种水仙有多香，道理完全相同。"

问："做生意有乐趣吗？"

① 维园：指香港维多利亚公园。——编者注

答："（笑）赚到钱就有。"

问："为什么古人那么不喜欢生意人？"

答："历史靠文字记载，写东西的人多数赚不到钱，所以看到富有的商人就眼红，骂他们俗气了，其实生意人也有些很有学问，像'扬州八怪'受重视，完全是因为盐商买他们的字画吹捧而引起的。"

问："你从前为什么没有做过什么小买卖？"

答："从前在大电影公司做事，对做生意不感兴趣。因为薪水很高，高到我认为不是'工字不出头'，有很多做生意的朋友叫我投资，我都付之一笑。第一，我受书本影响，认为做生意不是很清高。第二，我小时候常听到长辈说，做了生意，被人吃掉，所以对做生意有点戒心。第三，也是最大原因，是我不会，做生意，是一门很高深的学问。"

问："后来为什么做了？"

答："完全是为了茶。"

问："茶？"

答："有一个上司的朋友，开了一间新派茶行，知道我会喝茶，就叫我去给意见。我说卖的龙井、铁观音之一类，都是别人的东西，要有一种自己的茶，才是品位。"

问："什么是自己的茶？"

答："这个人也这么问。我说味道和做法和别人不一样的，就是自己的。举一个例，台湾人喝普洱，因为是全发酵，放久了，有阵霉味，如果加玫瑰花就可以解掉；普洱本身消脂肪，再喷上解酒的药，又好喝又有功效，就可以当为自己的茶。”

问：“这方法不错，后来呢？”

答：“后来这个开茶行的人认为这个主意太贱了。我气起来，就自己当成商品卖，结果开始了我的生意生涯。”

问：“赚到钱吗？”

答：“不赚钱我怎么会想做其他生意？”

问：“那么从前劝你投资的朋友有没有笑你？”

答：“他们当然笑我。做了生意之后，我对‘生意’这两个字有新的解释，我说生意者，生之意识也。活生生的主意，多么厉害！”

问：“那么奸商呢？”

答：“做生意不是用枪指着你的。商者，商量也，愿者上钩，和你商量之后才奸你的。”

问：“香港的社会，都崇拜商人，你认为是好现象吗？”

答：“崇拜的都是成功的商人。那些失败的，为什么不借镜？资本社会之中，人人都在做生意。打的战，也是经济战，不伤人命，比较文明。崇拜商人，没什么不好，欣赏他们，层次较高。”

问：“你认为香港成功的商人，值得我们学习？”

答：“学习他们的奋斗，但是不应该学习他们的生活方式。海外的成功商人，在致富的过程之中，也得到文化，所以纽约的很多犹太商人，家里都有些名画，或者他们也会搞一些环保活动。香港的，最多是游艇多少英尺，私人飞机、直升机也舍不得买。”

问：“当今做一个成功的商人，有什么走向？”

答：“最流行的是捐钱了。西方由盖茨带头，捐了很多。香港的邵爵士捐得比盖茨早，有二十多亿。美国人对过去商人的评价是：加乃基[①]一生捐出很多歌剧院等文化事业，他是值得后人尊敬，而贝索斯一毛不拔，虽然几百亿身家，也让后人看不起了，反正是带不走的，不如捐掉。”

问：“你会把钱捐出来吗？”

答：“等我赚多一些。大家都这么说，不过我想我一定会。”

问：“你算是一个成功的商人吗？”

答：“不算。也永远做不了。成功的商人，在过程中会有些出卖同伴的事，是什么，只有他们自己知道，我下不了手，所以做不了成功的商人。”

问：“那你还做来干什么？”

答：“做来证明自己的想法没有错呀！”

问：“那么失败了怎么办？”

---

① 加乃基：今译为“卡耐基”，指安德鲁·卡耐基（1835—1919），苏格兰裔美国实业家、慈善家，被誉为“美国慈善事业之父”。——编者注

答：“所做的投资，都是我的经济许可的数目，不会伤到老本。我这个年龄，已超过了冒险的阶段，年轻人就可以试试看，我不能试，我一定要看准，虽然这么说，还是看得不准的例子比较多。”

问：“这简直不是在做生意嘛。”

答：“讲得对，我不是在做生意，是在玩生意。”

关于金钱

问："金钱，重要吗？"

答："哈哈哈哈。"（干笑四声）

问："香港，是不是一个以金钱挂帅的社会？"

答："英国大班①的后代，来到维多利亚港，闻了一闻，问他手下道：'这是什么味道？'他的华人同事回答：'这是金钱的味道。'香港，是个钱港。"

问："道德，是不是比金钱重要？"

答："在香港，有二重、三重或四重的标准。有钱的人，娶四五个老婆，公开的，没人反对。像那位赌王，整天有他三姨太、四姨太的消息，大家都接受。像那位叫什么卿的女士，儿女成群，

---

① 大班：粤语，最初用于描述外国商人，后泛指买办、商人。——编者注

男友照样换了一个又一个，没有人说她。”

问：“那么香港是一个笑贫不笑娼的社会了？”

答：“贫也笑，娼也笑。”

问：“高地价政策崩溃之前，有层楼的人都是百万富翁。当今大家都变成负资产了。”

答：“小部分罢了。买来自己住，变成负资产，是可怜的。买多一家来炒，变成负资产，就不值得同情了，这像买股票一样，愿赌服输，怎么救他们呢？”

问：“那么大部分的香港人还是有钱的？”

答：“有，银行的存款，加起来还是数千亿。大部分的香港人花钱还是花得起，看花得值不值得而已。当今景气不好，大家省一点，是香港人的应变能力。”

问：“你认为香港还是有前途的吗？”

答：“日本人经济一衰退，就是十几年，大家还不是过得好好的吗？香港也遇过好景的时代，都存了点钱。日本人现在一直在吃老本，十几年没吃完，我们也在吃老本，才几年罢了，呱呱叫干什么？”

问：“失业大军每天在增加，不怕吗？”

答：“失业率多过五六十年代香港？当年捱了过来，香港人生存力多强！比起当年，现在的算得了什么？”

问：“你没担心过？”

答："穷则变，变则通。做无牌小贩也好，做看更[①]也好。不想做，是嫌钱赚得不够多，现在几块钱就能吃一餐饱的。花园街上的衣服，也是几块钱一件。香港地，很少饿死人，也没听过有人冻死。"

问："你自己算是有钱吗？"

答："那就要看'有钱'的定义是什么了！我只能说够用罢了，我的赚钱本领没有我花钱本领高，买几件看得上眼的古玩，足够令我倾家荡产。"

问："你还没回答我，你重不重视金钱？"

答："年轻时被中国书籍害了，认为钱不重要，要有情有义，有些赚钱的生意，给我我也不想做；年纪大了，才知道钱有多好，但是太迟，现在什么钱都赚，连广告也接来拍。这么老了，还要抛头露面，牺牲色相，真丢人！"

问："你有没有算过你有多少钱？"

答："真正有钱的人，才不知道他有多少钱。我当然算过，但不是一个很清楚的数目字。总之不多，刚才也说了，够用罢了。"

问："可不可以准确去为钱下一个定义？"

答："钱，是好的，但是不能看得太重，当它是奴隶来使用。我从来不用钱包，把钞票往后裤袋一塞就是，有时会丢掉一些，

---

① 看更：粤语，意为看门人、保安。——编者注

也不可惜。因为塞在裤袋的钱，加起来也没多少。”

问：“这是不是和你没有子女有关系？”

答：“你说到了问题的结晶，是的，我的朋友，存钱都是以存给子女为借口，有了下一代，对金钱的看法，和没有的，完全两样。至今，我没有后悔过。”

问：“怕不怕有一天，忽然一点钱也没有。”

答：“永远有这个阴影存在。社会制度建全，就没这种担忧。像日本，老人福利做得很好，看病不要钱，退休金也够养活余年。但是要靠福利，就不是福利了，人一定要活得愉快。活得不愉快，不如别活下去，我一向主张要活，就要活得一天比一天更好！”

问：“你有钱，才说这种风凉话。”

答：“我不知道说过多少次，这和金钱不能相提并论，活得一天比一天更好，是看你活得充不充实。学多一样东西，就充实多一点。记一记路旁的树叫什么名字，是不要钱的。记多了就成专家，成专家就能赚钱。”

问：“我完全听不进去，看你有一天，真正穷了，你能干些什么！”

答：“到路边去替人家写挥春呀！”

问：“字也要写得像样才行！”

答：“之前你就要学呀，学书法花得你几多钱？学了生活就充实。生活充实，人就有信心。学多几样，每一样都是赚钱工具，不要等到要靠它吃饱才去学。”

问：“有了钱，你会不会包二奶？”

答：“我的钱，不够包二奶。要是够的话，就不叫二奶了。”

问：“那叫什么？”

答：“叫红颜知己呀！”

关于道德和原则

问：“你是不是一个很守道德的人？”

答：“哪一个时候的道德？”

问：“你这句话什么意思？”

答：“道德随着时间而改变，遵守旧道德观念，死定。”

问：“什么叫新？什么叫旧？”

答：“从前的女子，丈夫先走了，守寡是美德。现在的女人，老公死了，你看她孤苦伶仃，就叫她再去找一个。要是你活在旧时代，你是一个劝人败坏道德的人。”

问：“社会风俗的败坏呢？”

答：“你一个人的力量，能改变整个社会吗？”

问：“至少要守回自己的本分呀。”

答：“说得对。管他人干什么？”

问：“同性恋呢？”

答：“中国自古以来，就有断袖之癖的文字记载，不是现在才流行的。以当年的道德水平，可以被接受，我们还在反对些什么？”

问：“离婚后的子女问题呢？”

答：“我们的社会，愈来愈像美国，在美国，一班同学之中，只有你一个父母不离婚的，才受歧视。”

问：“孝顺父母呢？”

答：“啊，你问到重点了。但是，这不是道德的问题，这是原则，供养你长大的人，你孝顺他们，是不是应该的？不必回答吧！”

问：“做人，是不是应该有原则的？”

答：“道德水准已经不可靠了。只有原则，是个不变的目标，是的，做人应该有原则。”

问：“原则会不会因为时间而改变？”

答：“不会。”

问：“你算是一个很有原则的人吗？”

答：“我算是一个很有原则的人。”

问：“你有什么原则？”

答：“孝顺不在话下，我很守时。”

问：“别人不守时呢？”

答：“那是他的事。”

问：“约了人，你老等，不生气吗？”

答：“我不在乎等人，所以约会多数是约在办公室，像你这次的访问迟到了，我可以做别的事。”

问：“（有点羞耻）如果约在咖啡室呢？”

答：“（注视对方）那要看等什么人了。美女的话，可以等多一会儿。”

问：“（更羞耻，转话题）对人好，是不是原则？”

答：“是的，先对人好。人家对你不好，就原谅他，但是，也要远离他。”

问：“遵守原则，会不会处处吃亏？”

答：“吃亏。也要看你怎么看吃亏。不当成吃亏，就不吃亏了，要放弃原则很容易。我父亲教我的一些原则，我都死守着，像对人要有礼貌，像借了东西要还，像别无缘无故骚扰人家，像……”

问：“你答应过的事，一定要做到？原则上，你是不是一个守信用的人？”

答：“我是。有时承诺过的事现在做不到，但是会一直挂在心上，等有机会，就完成它。”

问：“婚姻是不是一种承诺？”

答：“是的。所以我不赞成离婚。当年自己答应过，不应该后悔。除非，对方已经完全变了一个人。对于这个陌生人，你没有承诺过任何事。”

问：“你说过原则是不会变的！”

答：“原则没有变，是人在变。”

问：“你这么说，等于没有原则嘛。”

答：“曾经有位长者，做事因为对方变而自己变，我问他：‘你做人到底有没有原则？’”

问：“他怎么回答你？”

答：“他说：‘没有原则，是我的原则。’”

关于烟

问："我自己不抽烟，反对抽烟。抽烟损害健康。"

答："立场问题，我抽烟。我并不认为不抽烟的人，健康就会好到哪里去。"

问："政府快要通过法律在食肆全面禁烟。"

答："食肆全面禁烟，从洛杉矶开始，是一种流行，像时装一样，大家模仿。我想香港终有一日，连在家里抽烟也会被罚。香港餐厅刻苦经营，目前是有史以来最艰难的时期。大家都北上消费，再禁，一定受影响。目前是不宜禁的，等经济好转再说吧！"

问："你从几岁开始抽烟？"

答："十二三岁吧。我读的华侨中学，有个后山，休息时和同学一齐去树林里。你一根我一根，就抽了起来。反叛的行为，是过瘾的。"

问："受谁影响？"

答："看到詹姆斯·迪恩冬天在纽约街头的一张黑白照片，穿了小马哥[①]皮大衣，偎缩着身，雨天之下也担了一根烟，寂寞得厉害，就决定抽了。"

问："家人抽不抽？"

答："父母都吸烟。家父抽到九十岁，每天两包，才过世的；家母抽到六十，有支气管炎毛病，医生说烟或酒，要戒掉一样，她戒了烟。老人家今年也九十，照样喝酒。也许我抽烟喝酒都是遗传，不是我的错，我不知道我爷爷有什么其他嗜好，也遗传了给我。"

问："你抽哪一个牌子的香烟？"

答："美国系统的，都可以。香烟分两种，英国系统的烟叶黄，像三个五等，内地人抽的多数是这个系统的。美国系统烟叶较黑，像万宝路等。"

问："最初呢？"

答："最初偷我妈妈的美国红印牌Lucky Strike[②]抽，没有滤嘴的。后来去了日本，抽便宜的Ikoi、Golden Bat[③]等，连玻璃纸包装

① 小马哥：又叫Mark哥，是周润发在电影《英雄本色》里饰演的一个角色。——编者注

② Lucky Strike：好彩香烟，美国品牌。——编者注

③ Ikoi：日本憩牌香烟。Golden Bat：日本百年老烟金蝙蝠。——编者注

都节省的那几种。赚到钱后抽高级的德国烟‘黄金盒子’，也抽法国‘吉卜赛人’，用的是土耳其烟叶，别人闻起来臭得要死，自己抽得很香。”

问：“现在呢？”

答：“现在愈抽愈薄，连白色盒子的特醇万宝路都觉得太浓。抽的尽是一毫克焦油的杂牌。不太吸得出烟来，太薄了，像在吸蜡烛。”

问：“干脆戒掉好了。”

答：“我抽烟抽到喉咙都吐出去，不吸进肺里。戒与不戒没什么关系。抽烟完全是一种习惯，一种手瘾。我常说：我抽烟，是因为手指寂寞。”

问：“要叫你戒，好像是不可能了吧？”

答：“怎么没可能呢？从前人家也说我绝对不会戒酒的呀！但是我现已少喝了，不是因为健康，忽然有一天，我认为天天喝酒，喝得有一点闷，就少喝。如果遇到好朋友，酒量照常，倪兄也说他戒了酒，但是我去旧金山找他时，两人聊聊天，就干掉一瓶白兰地。有一天，我觉得抽烟抽得闷，也会少抽。”

问：“你有没有收集烟灰盅和打火机的习惯？”

答：“有。家里什么都不多，这两样东西最多，到外国旅行，看到手工精巧，又花心思的烟灰盅，一定买了带回来，每一个烟灰盅都有一段故事。至于打火机，从前用过名贵的，但是发觉它们重得像棺材一样，一带出去又即刻不见，好心痛。现在用的都是即用即弃的那种，但要求设计漂亮，愈轻愈好，愈便宜愈好。买的打火机，永远不会超过十块钱美金。”

问：“你抽烟的习惯，像不像令尊？”

答：“像得不得了。他抽烟一直是在想东西或者和人家聊天，常常把烟灰留得长长的，别人看了替他担心会不会掉得通地都是的时候，他又在未断掉之前轻轻敲进烟灰盅里，这一点，我一模一样。认识我父亲的人，看到我这个样子，都说有其父必有其子。”

问：“你反对女人抽烟吗？”

答：“男人自己抽，怎会反对女人抽？有些女人担起一根烟，样子漂亮得不得了，我最爱看了。”

问：“你们抽烟，不怕影响到儿童吗？”

答：“倪兄说过，好的孩子教不坏，坏的孩子教不好，而且，天生体质有关。有些人抽得了，有些人一闻到味道就怕怕。”

问：“你不会否认抽烟伤身的吧？”

答：“抽烟一定伤身。抽久了支气管炎一定跟着来。每天早上也必定咳个不停。”

问：“那么你还抽？”

答：“我常将快乐和病痛放在天平上，看哪一方面多一点。智者说过：任何欢乐和享受都是由牺牲一点点的健康开始的。”

问：“长途飞行，你怎么忍？”

答："起初不习惯，只有拼命吃朱古力。后来也不觉辛苦，十几小时一下子就过。比起人生，很短。"

问："还是老话一句，戒了吧！"

答："我会戒的。"

问："真的？"

答："真的，戒了之后，抽雪茄。"

关于水果

问：“你喜欢哪一种水果？”

答：“关于美食，别人问来问去，太过笼统，缩小成一项水果，我倒有兴趣回答。我可以说，凡是甜的水果，我都喜欢。”

问：“为什么只是甜的，酸的不行吗？”

答：“水果给我的印象，是甜的。道理就那么简单。”

问：“好，就集中谈甜水果，有没有‘最’喜欢的？”

答：“像女人一样，要选‘最’很难。”

问：“那么举其中一种为例吧。”

答：“榴梿。”

问：“是不是因为你在南洋长大？”

答：“有绝对的影响。”

问：“那么有什么不吃的？”

答："黄梨。台湾人叫凤梨，香港人称为菠萝，我不吃。"

问："为什么？"

答："我小时候去马来西亚旅行，看到一大片菠萝田，工人收割后就放在路边，堆积如山，任何人来偷吃也不管。我们把车子停下，没有刀，把菠萝摔在路上，打碎了来吃，一连吃十几个，菠萝的纤维把我的嘴都刮破了，又酸得要命，从此对它印象极坏，绝不去吃。当今有人提起'菠萝'两个字，我敏感得从发根流出汗来，不相信，你现在摸摸看。"

问："哈哈，果然是湿的，真厉害！饶了你，说回你爱吃的吧，你每年带人到日本吃水蜜桃，难道真的那么好？"

答："从小听到人家说，最好的水蜜桃，只要用吸管往里一插，就能吸出汁来。我打听了很久，最后有一个山东人说那儿的水蜜桃就是如此，就跟他去了。到了之后，果园主人采下一颗，用手拼命去按摩，挤得它差点烂掉，拿小管一插，叫我吸，我看他手那么脏，才不敢呢。日本水蜜桃，冈山种的才好，的确美味。"

问："还有什么？我逐样数好不好？木瓜呢？"

答："我只爱夏威夷种，它有一股清香；其他地方种的，我多数榨汁来喝。吃完了辣的东西，一定要用木瓜去中和，才无后患。"

问："荔枝呢？"

答："我组织了一个旅行团到增城去，发现所谓的'挂绿'，都已变了种，反而没有在东莞吃到的那么甜。树上采的，经过日晒，不好吃，不如买回来在雪柜中冻它一冻那么美味。龙眼也是一样的。”

问：“葡萄呢？”

答：“（笑）当然，酸的不吃。最甜的葡萄，是澳大利亚产的Sultana[①]。吃新鲜的固然好，在树上晒成的葡萄干也不错，没有核。另一种美国的黑色葡萄，有个‘4038’的号码，也是最甜。”

问：“杧果呢？”

答：“有种又小又绿又丑的台湾杧果最好，通常的吃法是一买一大箩，回来后在地上铺报纸，又摆一桶水，把湿毛巾放在旁边。这种杧果会吃上瘾，愈吃愈爱吃，吃个不停。到最后吃光了，洗完手用毛巾一擦身体，流出来的汗，也是黄色的。”

问：“草莓呢？”

答：“不太吃，怕酸，后来去了日本，在冬天吃。”

问：“草莓是夏天的果实呀！”

答：“日本人说夏天果实太多，冬天缺少，就一二三联合起来，冬天在温室中种。我起初也不相信会是甜的，后来试了一口，居然不酸。但还是担心，要沾着炼奶，才肯吃。”

问：“温室蜜瓜，不会不甜吧？”

---

① Sultana：苏丹娜，是生产浅棕色葡萄干最重要的白葡萄品种。——编者注

答：“你错了，也有些不够甜的，所以买日本蜜瓜，一定要选‘一棵一果’的，那就是枝上长出许多小蜜瓜的时候，把其他的都剪掉，只剩一个，让充足的糖分供养，那么一定甜。切开后，还真的看到果肉内有一层蜜呢。”

问：“西瓜呢？”

答：“夏天的恩物，但也要冷了才好。古人已经学会把西瓜放在井里去冻过夜。四方形西瓜、金字塔形西瓜，都是绰头[①]，看看就行，不必去试。”

问：“橙呢？”

答：“新奇士[②]的，我也嫌酸。去墨西哥的时候吃到的又丑又小的橙，最甜了。台湾的橙子不错，泰国也有一种丑的绿橙，很甜。其他的都不吃。”

问：“橘子呢？”

答：“多数信不过，很少去碰。偶尔看到所谓的‘砂糖橘’，又丑又小，可以吃。”

问：“柿子呢？”

答：“只吃熟透，又软又多汁的；甜的柿干，也喜欢。”

问：“有没有偏门一点的？”

---

① 绰头：即噱头。——编者注

② 新奇士：新奇士橙，产于美国加州，以果肉多汁而香甜闻名。——编者注

答："南洋有一种叫'尖必辣'[1]的水果，外形像个迷你大树菠萝，割开皮，里面有数十颗果实，像吃榴梿一样吸噬。已有几十年没尝到这种美味，这次去了槟城再吃到，真甜，又香，核子还可以拿去煮熟，比栗子还要好吃，最喜欢了。"

① 尖必辣：英文名Cempedak，即菠萝蜜。——编者注

问答游戏

《名利场》(*Vanity Fair*)杂志中，有个Proust(普鲁斯特)问答题专栏，十分有意思。当然这本杂志不是访问我，只借题发挥，自问自答。

问：“你认为幸福是怎么一回事？”

答：“幸福是在一个懒洋洋的下午，阳光斜射烟雾缭绕的开放式厨房，和最好的朋友，做做葱油饼，被香槟灌醉。再者，老了之后还可以拼命赚钱，远比年轻时赚钱更有自信，幸福得多。”

问：“你最恐惧的是什么？”

答：“变成有知觉的植物人。或者，患上老人痴呆症，又失去味觉和性能力。变植物人一点办法也没有。后三者一到，是有救的，解脱在于安乐死。”

问：“你最大的遗憾是什么？”

答："不够时间享受更多的肉体与精神上的痛快。"

问："你最尊敬在当今还活着的，是什么人？"

答："古人多的是，当今活着的很少，大抵只有金庸先生吧。有华人的地方，就有他的书。他的小说，令我着迷数十年。"

问："你最讨厌自己的，是什么？"

答："最讨厌自己太守规矩。"

问："你最讨厌别人的是什么？"

答："讨厌人家不守时，讨厌年轻人对长辈不尊敬，讨厌所有对父母不孝的人。"

问："你自己最大的挥霍是什么？"

答："买张贵床，盖条贵被，穿上贵鞋，浸最好的温泉。"

问："你如今的心情如何？"

答："安详。"

问："你觉得男人最可贵的是什么？"

答："绅士风度。"

问："你觉得女人最可贵的是什么？"

答："风趣又性感。"

问："你最常用的句子是什么？"

答："胆固醇万岁。"

问："你最喜欢的作家是谁？"

答："太多了，不胜枚举。外国的，所有世界经典名著的作者都喜欢；中国的，我爱一切写明朝小品文的人，还有李渔、袁枚等食家。精神生活的，当然是丰子恺，不爱鲁迅的说教和尖酸刻薄。”

问：“你希望有其他的才华吗？”

答：“也是太多，我希望会写曲、作交响乐、弹爵士。我对音乐，接触得太少。”

问：“撰写的人物之中，你的英雄是谁？”

答：“金庸的段誉、令狐冲，王尔德的道林·格雷，夏目漱石的猫。”

问：“现实生活的人物，你的英雄又是谁？”

答：“弘一法师。”

问：“你觉得你一生之中，最大的成就是什么？”

答：“随便走进香港的任何餐厅，都可以找到一张桌子。”

问：“你喜欢生活在哪个地方？”

答：“香港、香港、香港。要是香港的言论自由没有了，就搬到纽约。”

问：“你最珍贵的收藏品是什么？”

答：“没有，一切都是身外物。徐悲鸿有一方印章，刻着‘暂属悲鸿’，我很喜欢，我也常用‘由我得之，由我遣之’这句话。”

问：“你认为生命中最痛苦的深渊是什么？”

答：“基本上我是一个喜欢娱乐别人的人。有苦自己知，不告诉你。”

问：“你觉得朋友之中，最珍惜的是什么？”

答：“最珍贵在于能够在思想上沟通，你教我些什么，或者我有什么可以讲给你听。我结的是中等缘。对朋友，我珍惜可以‘我醉欲眠卿且去’的朋友；我想念‘只愿无事常相见’的朋友。”

问：“其中有谁？”

答：“倪兄。亦舒，虽不见面。张敏仪，很风趣。金庸先生是亦师亦友。”

问：“你最不喜欢的是什么？”

答：“我经常把不喜欢的变成喜欢。”

问：“什么是最大的憾事？”

答：“已经忘记。”

问：“你想怎么样死去？”

答：“油枯灯灭，悲喜交集，像弘一法师。”

问：“你的人生目的是什么？”

答：“吃吃喝喝。”

问：“你的座右铭是什么？”

答：“做，机会五十五十；不做，机会等于零。”

第四章

老友记

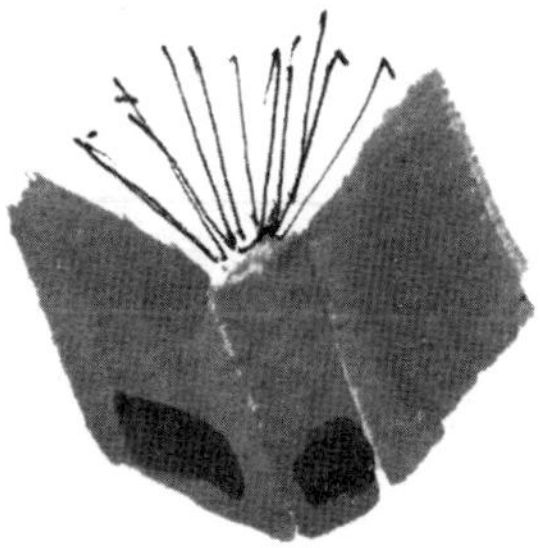

人生学识，皆由老人和前辈处传来，既然知道结局，不如放怀畅饮，管他什么胆固醇，什么叶绿素，庆幸至今无大病痛，大叫：烈酒又何妨！猪油又何妨！

万荷堂堂主

“你来了？好，好，我派司机来接你。”黄永玉先生的语气是高兴的。

上一次到北京，已是六七年前的事，现在机场是新的，很有气派。街道两旁的大厦和商店林立，比以前多。黄先生住的“万荷堂”离市区要一个小时的车程，车子约好在下午两点，我刚吃过午餐，上车就睡。

一醒来已经到达，简直不肯相信在茫茫的农地上有座那么大的古堡式的建筑，经过的人还以为是什么电视片集搭的外景呢。

车子进入一城门，只听到一阵犬吠，接着就是几条大狗想往我身上扑来，但给黄先生喝了下去。

“地方到底有多大？”是我第一个问题。

黄先生笑着说：“不多，一百亩。”

我想中国画家之中，除了张大千在巴西的田园之外，就是黄永玉先生拥有最大的一块地了。

“先带你四处走走。”黄先生说。

入眼的是一片长方形的池塘，现在晚春，荷叶枯干。种上一万株荷花绝对不是问题，十万也种得下，若在夏天盛开，当然是奇景。

围绕着荷池的是很多间建筑，都是二层楼的客房，里面摆设着黄先生自己设计的家私和他一生在外国收集的艺术品。

“我说过，你要是来住，就给你一间。”他笑着说，“到了荷花开的时候，请歌舞团在台上表演，你可以从阁楼观赏。”

没经历过，只能靠想象，黄先生一定会约好他的老友，一家人住一间，效古人之风雅。

“我最想看你的画室。”我说。

“这边，这边。”黄先生指着，门上的横额写着“老子居”。好一间“我的画室”，奇大无比，铁板入墙，让磁石吸着宣纸边缘，画巨大的作品。桌子上的画笔和颜料零乱摆着，要些什么，只有黄先生一个才找得到。

“今天早上画了两幅，还没题字。”黄先生说完拿起毛笔。

整张画上一下子题满了跋，题跋是中国画中不可分割的部分，但从来未见过一位画家像黄先生那么爱题跋的。他的跋就像诗人的短章，或是一篇很精简的散文，也是他的语录。时常很有哲学味道，多数诙谐幽默，坦荡胸襟。意味深长的有：“世上写历史的永远是两个人：秦始皇写一部，孟姜女写一部。”或者轻松地说：“郑板桥提倡难得糊涂，其实，真糊涂是天生的，学也学不会；假装的糊涂却是很费神，还不如别学为好。”

犀利的是，跋在画的空白处一下笔挥之，随想随写，不打稿，也不修改，写到最后刚刚好填满，不松懈，也不过密，最重要的是没有破坏整张画的构图，只增加神采，是“胸有成竹”这四个字的活生生例子。

惹祸的猫头鹰就不必题跋了。他说过：“我一生，从不相信权力，只相信智慧。”

在一九五三年他和齐白石合拍过一张照片，老人身旁那位大眼睛的少年，一看就知道是位聪明绝顶的人物。黄先生是位生存者，在任何逆境之下都能优哉游哉地生存下去，“文化大革命”难不了他。主人轻描淡写地说：“我的八字好。”

何止天生？后来的努力，也可以从他画的白描树藤见到，那种复杂错综的线条一根搭一根，比神经线还要精密，又看不出任何的败笔，要下多少功夫才能完成！

我们在客厅坐下，湘西来的姑娘捧上茶来。我问她：“这么大的地方，要用多少人？”

“就是我们四五个人。”她回答，“还有十几条狗。有人进来先要过狗这一关，然后……”

黄先生从门后拿出一根木棒，要我试试它的重量。木棍双头镶着铜，棒心填满铁沙，重得不得了。他示范着：“这种棍不是用来打人，是对着人家的心脏捅。”

接着他问：“你知道打架的艺术吗？”

什么？打架也有艺术？黄先生接着告诉我一个故事：“‘文化大革命’时期我们一群艺术工作者到处避难，有一个出卖过我们的坏蛋专门与我们作对，我们去到哪里他跟到哪里，用小册子记录行踪，看有什么行差踏错，准备把报告写给江青。‘四人帮’消除后我找上他住的旅馆，见人就打。打架的艺术，是在把自己豁了出去，不怕被人打，只是打人。”

个子小小的黄先生，打起人来，也够呛的。

其他客人陆续来到，有黄苗子和郁风夫妇，都是老友了，他们大部分时间住澳大利亚儿子家里，在那边也看我的鬼故事，说像在床上写的那么轻松，我很想解释是挨夜[①]逐个字写的，但也只笑着不开口。

接着来的还有作家李辉先生夫妇，六个人一块吃黄先生烧的湘西菜，喝他设计酒壶的“鬼酒”牌白酒，乐融融。想起了有一回带了苏美璐去黄先生香港的画室，可惜这一回少了她。

---

① 挨夜：广东方言，意为熬夜。——编者注

“荷花开的时候你再来。”临走时黄先生叮咛。

我打定主意，不但去北京，还要跟他去他的家乡湘西凤凰县走一趟。

拜访蔡志忠

蔡志忠已不必我多介绍，凡是爱书的人，都会涉足他的作品。一早，他已洞悉年轻人看漫画的倾向，以最浅白和易懂的说故事方式，将所有的中国文学巨著改为图画，深入民心。

作品已在三十一个国家和地区出版，总销量超过三千万册，书迷众多。杭州市最近还发了一块地给他，在那里创立了“巧克力国际动漫”，将电脑动画辑入手机里面，随时下载。

他的记忆力厉害，向我说：“三十几年前我在日本住下，在东京的邵氏办公室书架上看到你的书，有一篇写关于汉江船夫的散文，那种情景，真令人羡慕，我去了韩国之后，已找不到了。”

他台北的工作室就在一个市中心的大厦里面，住宅在楼上，不太让人家去，我十多年前来过，记得是全屋挤满佛像。

“现在有多少尊了？”我问。

“三千多。”他笑着说，“我一生画漫画赚到的钱，还只有收藏佛像后升值的十分之一。”

客厅墙边、书架上、书房周围，甚至卧室里，都是钢制的佛像，有些精致万分，头发一根根，衣服上的刺绣一条条表现，美不胜收。

“你睡在哪里？”我问。

他指着被佛像包围的三张榻榻米：“遇到地震，佛像掉下，被压死了，也是一种相当有趣的走法。”

知道我最爱读《聊斋志异》，他从书架上拿下一册，连同新书《漫画儒家思想》（上、下），在插页上画了两幅画送我。见他的彩笔都愈用愈短，刨得像迷你佛像，感觉到他对一切物品的爱惜与珍重。

“最近忙些什么？”我又问。

“研究物理学。”说完他拿出多册分子和量子的笔记，图文并茂，看得差点把我吓倒，肯定这个人不是人，是外星人。

拜访黄石元

三义有条木匠街，两旁开满各式各样的木雕店，任凭选择，价钱也不算贵，在那么多的东西之中，如何看中心头好？

简单得很，路的尽头就是三义木雕博物馆，里面展示有每一个出色的木刻家作品。

走了一圈，你就分得出高低了。

上次来过，看中了一位叫黄石元的，托了馆长，跑到他的工作室去。我们交谈甚欢，大有一见如故之情。他送了我一尊小小的木像，雕着一个小和尚，跪着念经，念得辛苦，皱起眉头来。

我看了即刻爱上，此后又买了其他作品。这回我们见面，他先问我要不要看树，有各种树可选，我要求看最老、最大的，他露出开心的表情，说这也是他最爱看的树。

那株樟树，种在一间小学的后花园，树干足足有四人合抱那么粗，三层楼高，已长了八百年了，令人叹为观止。

“每次，我摸到这些几百年的木头，都对它们产生一种敬意。”他说，“能把木头当朋友，是木刻家最大的幸福。”

“你和木头，有没有交谈？”林莉天真地问。

黄石元点头：“三义这个地方以樟树多著名，木刻者跟着产生。”

回到他的工作室，旧作留下来的并不多，一雕出来就有藏家等着抢购，他为了今年的展览会，刻出一些不同路线的人物来。

其中有两尊是以他的女儿作模特儿，把她们的个性留在木头的刻像中，看他眼中露出的爱意，不知道他舍不舍得出让呢？

教　父

“苏美璐暨朗山福画展”的准备工作，进行得如火如荼，二○○四年十二月十六日至十九日，将在香港“中央图书馆”举行。日期所限，只有四天时间，实在太短了。

这次画展，经苏美璐建议，和她的夫婿朗山福一齐展出，苏美璐一百多幅，朗山福三十四幅，已由空邮寄到，都是两人的心血，非常精彩。

苏美璐本是澳门人，为什么我没有想到在澳门也举行一次画展呢?

虽说现在才着手也不迟，但澳门展出的场所也需要时间交涉呀。最理想的当然是当地的“民政总署大楼图书馆”了，它开在新马路的民政总署大楼处，就在喷水池广场的对面，地点是市中心，极为适合。但是政府机构，办起手续来总是麻烦的。

忽然有一个奇想，如果在某个很悠闲的地方，毫无拘束的环境下进行，那有多好！但是澳门的画廊我都不熟悉，怎么安排?

有了，我打电话给苏美璐。

“在澳门也开一次画展，有没有兴趣?”我问。

“反正我要回去看父母的，这个主意不错。”她说，“你想在什么场所开?”

“茶楼。”我不动声色地说。

“茶楼?”

“是的。”我说，“在澳门最古老的一家，叫龙华茶楼。”

“啊，挂着雀笼的那一家?”苏美璐知道。

“不过，”我说，“我恐怕有些人认为太过随便了。也不知道你父亲会不会说，什么地方不去展，跑到茶楼去。”

“我们都不是太拘小节的那种人，而且在茶楼开画展的主意很罗曼蒂克，只要当成一件简单和朴素的事去做就可以了，我不会管那么多。”

“绝对对得起你们两位艺术家。”

苏美璐说：“我从来也没有想到跻身在那个等级。基本上我是一个illustrator（画插图的人）。我只希望让人家知道，除了拍照片，也可以用图画来记载一些想法，而且读者看到印刷品之外的原画，我想也是种乐趣。”

苏美璐本人不施脂粉，样子有若不食人间烟火，做人也如此平淡。

“朗山福的画比我的更有观赏价值，画西洋工笔的人，究竟不多。”她继续说。

“朗山福的作品的确与众不同。”我说。

“你说的龙华茶楼，人家答应了没有？”

“包在我身上。”我说，“我事前已经和茶楼的老板何明德先生安排好了，才敢打电话给你。”

“听说茶楼里面布满了照片？”

“何老板说可以在展出期间把店里所有的照片都搬走，等完毕后再搬回来。”

“会不会妨碍到人家做生意？”

“这一点我也担心，但知道何老板为人热心，又热爱艺术，就坦白地问过他这个问题。”

“他怎么说？”

“他说没关系。茶楼的产业是属于家族的，其实做与不做都不要紧，维持这家店，也不过是想把澳门的旧传统保留下来，而且你又是个澳门人，当然欢迎。”

“日期有没有限定？”

“随时开都行。”我说，“在你香港的画展之前或之后都没问题。不过我建议还是之后的好，让我有更多时间替你裱制画框。对了，你什么时候抵达香港？”

“我们现在订好了十二月九号的飞机，先去澳门住几天再去也来得及。”

“你知道不知道一天有好几班船可以直接从赤鱲角到澳门的？但是你们从Shetland[①]出发，到了伦敦飞香港，已经累死了。还是在香港休息一下好，不知道阿明会不会太辛苦？”

阿明是苏美璐的小女儿，今年也有四五岁了吧，是苏格兰籍的爸爸与中国妈妈的混血，非常漂亮。苏美璐时常把她的照片用电邮传过来，看到她一天天长大，我老怀欣慰。他们一家三口住的小岛只有数十户人家，阿明从小在自由奔放的环境中长大，一大片的白沙滩，只有海鸥做伴，这次是她第一次踏足东方。

“你们会住多久？”我问，心里很想他们有多一点时间留下，让阿明讲讲广东话。小孩子学语言很快，有点基础总是好的，虽然有些人说一不讲就忘记，但是语言这回事像骑单车，拾起来就是。

“我们住到明年二月才走。”苏美璐说。

他们夫妇都是自由身，留不留到时再说吧。替我在《壹周刊》中做这篇文的插图随时随地可以画。苏美璐主要的工作是替国际著名的儿童作家画插图，也帮畅销书流行榜上有名的Amy Tan（谭恩美）做封面，这次画展有几幅原稿展出，《纽约时报》给苏美璐

① Shetland：设得兰群岛，位于苏格兰北部。——编者注

作品很高的评价。

画展之中，我请Page One书局把苏美璐儿童图册大量寄到香港，让有兴趣的朋友购买。阿明当然是她母亲的第一个读者，自己也很爱绘画。

阿明出生的时候，我向苏美璐说过想当她的教父。

苏美璐说："以我们这么多年来的友谊，她未生出来之前，我早已经决定你是她的教父了。"

苏美璐画展

自从写《一乐也》，不知不觉，也有十几年了。所有的插图，都是苏美璐一手绘出。今期这一幅，风格不同，是她的夫婿朗山福的作品。

为了今天（二〇〇四年十二月十六日）在香港“中央图书馆”举行的“苏美璐暨朗山福画展”，他们一家三口花了三天工夫才从苏格兰的一个小岛抵达澳门，母女已疲倦不堪。朗山福睡不着，动了笔，为她们画出一张关系亲密的画像，非常难得。我看了很喜欢，坚持要朗山福拿出来当插图。艺术家脾气，他无所谓，大家有眼福了。

苏美璐在电邮上说将在十二月九日到达，我回复要去接飞机，结果她静悄悄地自己来到澳门她父母的家，我即刻赶去看他们。《壹周刊》的执行编辑李美媚要做一篇访问，和摄影师罗锦波也一齐去了，与苏美璐谈得很投契，我不去打扰她们，在一旁和朗山福聊天。

“小女儿阿明呢？”我问。

“她和两个亲戚的孩子玩，不带她来了。”

“今年几岁？”

“四岁半了。”朗山福说，“明年我要送她到一间正式的学校，趁现在这段日子，让她好好地来东方住久一点，如果能学到几句中国话，也是好事。”

“什么叫正式的学校？她现在读的那一家呢？”

“只有十二个学生。”

“岛上一共住了多少人？”

“不到一千人，但有两万只羊。”

“那也不算小的了。”我问，“都是些什么人？”

“渔民、牧民。鱼和羊肉，吃不完，我们吃鱼不必买，岛上的居民都是朋友和亲戚，免费送到，新鲜蔬菜倒是难得，要到对面的另一个大岛才有得供应。”

“离开多远？你们常去那个大岛吗？”

“像从澳门到香港那么远吧，起初常去，后来就少了，但是为了蔬菜还是两个星期去一次的，你知道蔬菜对香港人是多么重要的嘛。”

“小岛上连商店都没有吗？”

“一间。像西部片中的杂货店，什么都卖。”

“酒吧呢？”

“一间。客人是相熟的。”

“医生呢？”

“一个。他是我的同学，也是我的好朋友，出生在当地，问我要不要去那个小岛住，我想也没想就答应了。岛上的人，身体都被他看过，在他面前抬不起头。酒吧里有个泼妇要找他麻烦，他说你也是我接生的，结果乖乖地不敢出声。”

“有没有按照英国法律开到几点？给不给抽烟？”

“店主喜欢什么就干什么。放假时，客人都焦急地等。”

“有没有造酒厂？”

“那倒没有，不过对面的那个大岛的啤酒酿得天下第一。酒厂才开了四五年，就有那么辉煌的成绩，我正在感叹时，他们说酿私酒，已经酿了好几代人。”

“到星期天，大家是不是都上教堂？也只有一间？”

“不，天主教、基督教、新教，大家都有自己的小教堂。有的十几个教徒，有的百多人，大家都相安无事，不像爱尔兰那么复杂。苏美璐星期天没事做，就到教堂为教友们弹风琴。”

“冬天会不会很冷？”

“Shetland是苏格兰最北部的小岛，冬天当然冷，阳光也只有从早上的九点到下午的两三点，但是夏天就长了，太阳几乎都不下山。从我们的家望去，看到日落，又在海面升起来。”

“那冬天不是能看到北极光？”

“每晚都出现。刚去的时候觉得很新奇，后来头也不抬，望也不望了。”

“阿明能够在那种大自然的环境长大，每天画画，真幸福。”

朗山福点点头：“整个岛的人都喜欢她，我们还没动身，他们已经舍不得她离开。”

访问做完，我让同事们先走，留下来和苏美璐谈谈画展作品的售价，她问我有没有什么建议。

“这样吧，”我说，“小幅的卖一千到一千五，连裱装的镜框。大幅的三千到五千。你们最喜爱的卖一万到两万，你觉得如何？会不会太便宜？画展的经费有致生公司和画具的Winsor & Newton[①]赞助，我们这些工作人员都是义务的。”

“照你的意思好了。”苏美璐说，“在画廊开画展也要被抽一半，价钱提得太高反而没人买，也是枉然，这个价钱很适中。”

看他们被折腾了半天，我即刻告退，苏美璐送到楼梯口，问我说：“你做那么多事，为的是什么？”

我没作声，心中回答：“只是送给阿明的一个小小见面礼。”

---

① Winsor & Newton：温莎·牛顿，世界知名颜料品牌，1832年由威廉·温莎和亨利牛顿在英国伦敦创建。——编者注

大　山

到中央电视台录过年的节目，与我拍档的是一位叫大山的人。

大山是相声家，常上电视讲笑话。北京讲相声的人很多，就没有一个像大山一样，为什么？他是个洋人。

长得高大的大山，原名Mark Rowswell（马克·罗斯韦尔），是加拿大人。北京人都认识他，一走出来就有不少影迷要求合照和讨签名，在加拿大也许没这个现象。

对中国语文的兴趣，来得忽然，一接触了就不可收拾。先在大学念，毕业后来中国进修，娶了个中国媳妇，生了一对可爱的儿女。

儿子名字是大山取的，叫睿睿，希望他长大聪明豁达。女儿叫小懿。“是哪一个懿，怎么写的？”人家问。

大山用一口京片子说：“是懿贵妃的懿，嘉言懿行的懿。”

我们聊起他家吃的是些什么，大山说："我煮西餐，老婆烧中菜，儿子女儿什么都吃，有时他们也动手做饭，结果什么都不像，但是很好吃，这才是真正的Fusion（融合）菜。"

大山在加拿大也有很多生意做，一家人搬了回去，儿女洋化了。大山起初星期天带他们去华人学校补习，但是教的都是些老古板东西，儿女学不好，反而对中文起了反感。

后来大山发现最好的教学方法是让他们看DVD或VCD，一套套的《水浒传》和《三国演义》没有作用，还是《西游记》引起了兴趣。

这时大山又把儿女们带到中国的云冈石窟，在那有很多如来、观音和罗汉。大山向儿子说："孙悟空和猪八戒后来都变成佛了，你去找找看，也许能找到。他们信仰佛教。"

"到底什么是佛教？"儿子反问。

大山解释不出，自己学后才讲给他听。他说："老子教小子，小子教老子。"

何　妨

饱读诗书的黄霑兄，一天闲来无事，翻《全宋词》，找出一首赵长卿的作品，录了下来，传真给倪兄。

词曰："居士年来病酒，肉食百不宜口。蒲合与波薐，更着同蒿葱韭。亲手，亲手。分送卧龙诗友。"

黄霑在传真上自添"打油词"，请倪兄指正。黄霑说："诗固打油，词亦打油。"

其打油词曰："大家一齐戒酒，肉食百不宜口。鲍甫与虾球，望实依开个口。冇修，冇修！分送隔篱亲友。"

倪兄接到黄霑兄的传真，正是旧金山的半夜，他说梦中读之，睡意大消，一乐也。诵读打油词，又笑又感叹，不妨大家打其油，作一老人吟，打油《如梦令》。

词曰："年来有病无酒，乜病都要感受。腰酸与背痛，更着不能起头。戆居，戆居！可知配额已够。”

最后写上“哈哈”二字。

两位老友的文通，由黄霑兄写下给我分享。传真上说：“澜兄，传上匡仔打油词，凄凉！笑中有泪，泪中有笑也，哈哈。”

两位仁兄已不喝酒，霑哥患痛风，虾蟹更不能碰，他说倪兄最近也添多了一样痛风病，和他一样。

唉，生老病死事，必经也。两位仁兄也不必过于感叹。

很多人兢兢战战的，什么都不敢吃，也患同病，倪兄和黄霑兄却曾经大鱼大肉，不枉此生。

人生学识，皆由老人和前辈处传来，既然知道结局，不如放怀畅饮，管他什么胆固醇，什么叶绿素，庆幸至今无大病痛，大叫：烈酒又何妨！猪油又何妨！

亦师太

亦舒在《天堂一样》中，有好几句睿语，像“中年女子赚钱不是用来添置名贵衣饰，而是为了能坐飞机头等舱以及必要时入私家病房”“天堂地狱，一念之间，谁叫你高兴，就跟谁一起，这里不好玩，到别处去，何必纠缠”。这么一说，就把《天堂一样》点了题。

反正都是幻想，就彻底地享乐吧，女主角当过妓女，不但没有黑暗的一面，也没有什么小说所说的堕入火坑，最后报应的结局。

女主角的结局，是嫁给一个从未娶妻的中年汉子，他有葡萄酒庄园，亲自驾小型直升机把娇妻载到一望无际的葡萄园中，为自己将来酿一种有薰衣草味的佳酿。太圆满了，和天堂一样。这才叫过瘾嘛。

怪不得不但把中国香港和海外的亦舒迷看得如痴如醉。在内地，她还有一群当她为女神的崇拜者。这些人叫她为“亦师太”。

当然啰，亦舒把他们压抑着的崇尚名牌、欣赏高级货的阴影数出来。他们向往而不敢出声的东西，亦舒老早就清清楚楚用简单的文字写了又写。

年轻人的敢爱敢恨，更是亦舒使不完的题材，一本接着一本。

最近，我在新浪网的微博上回答读者，问题多之又多，要求知道亦师太的一些行事。

问她哥哥的也不少，我知道的话，一一回答，有时烦了，叫他们去买《老友写老友》那几本书。

倪兄自己也说和亦舒已十多年没有联络，他们兄妹间关系和常人不同，就是那么怪。说到亦舒小说，倪兄也最爱看，他说：“我写科幻，可以天马行空。她写的只是两个男的一个女的，或者相反，将三个人来来去去写了几百本，真是本事。”

奇人高仲奇

这个星期不旅行，在香港度过。有空，逛尖沙咀，走到加拿芬道，一抬头，哈，“国际摄影”的大招牌仍然挂在嘉芬大厦的楼上，想起老友，已多年不见，就爬上楼梯。

高仲奇兄还坚守着他的堡垒。“国际摄影”始创于一九三六年，在香港成立，至今五十多年了。

仲奇兄的轮廓不变，还是那张娃娃脸，头发有点稀疏罢了，笑嘻嘻欢迎我。我眼前的这位人物，充满传奇性，对摄影界的贡献非凡，如果在日本，早被视为人间国宝。

二十世纪六十年代的影坛巨星，没有一个不找高仲奇拍照的，不经他手，根本没有地位。

“大量晒相”的全盛时期，除李丽华、陈云裳、王丹凤、李香兰、白光、夏梦、石慧、芳艳芬、红线女、白燕等前辈之外，林黛、凌波、乐蒂红极一时，当然也忘不了尤敏、葛兰、叶枫和狄娜，粤语片崛起时有陈宝珠和萧芳芳。接下来是邵氏的何璃璃、胡燕妮、丁红、杜鹃、李菁，另有台湾来的甄珍、林凤娇、汪萍、汤兰花、邓丽君等，已经不能一一细述。所谓的“大量晒相”，就是供不应求的影迷热潮，“国际摄影”一天要印一万多张照片，好让影迷在床头贴上一幅。

“国际摄影”由高仲奇的父亲高岭梅创立，早年在上海、南京、成都、昆明等都市有分店。高老先生养有十一子，来到香港后遇车祸，一家人的负担全落在高仲奇身上，十几岁就出来跑江湖，为各女星拍照。一拍得美，都来找他，他便日夜奔波。

美女们当他是小弟弟，拍照拍到三更半夜，叫他送回家，也没对他有进一步的要求。在香港，明星看得最多的就是他了。不单看，还要动手动脚指导她们摆姿势，羡慕死人。他建立的这一股势力，是无人可以代替的。

有一天，他把寂寂无名的林黛的一张黑白照片摆在影楼的橱窗中，翌日就有人找林黛签约了。

为林黛拍的照片至少数百张，她去世时，高仲奇为她在大会堂八楼举行一个摄影展，影迷排队排到楼下，还挤破了玻璃。老一辈人也许会记得这场盛事。

约好尤敏来剪彩，这件事鲜为人知。因林黛和国泰的对头公司有约，国泰不准尤敏出席，她却坚强地说：“林黛是我的朋友。”

说完才不管那么多，照剪不误。在当年，算是一种很大胆的反抗行为。

时间是留不住的。张彻的出现，令阳刚电影抬头，打仔一群群把美女们挤了出去。杂志发的都是生活照，没人光顾影楼，除非你是一个食古不化的过气老饼[①]，还想跷起一只脚，弯着手臂，托起下巴来拍一张宣传。

难关怎么渡过的？那群美女也要结婚的，结婚就有结婚照拍呀！刚好这时候高仲奇遇到太太吕洁贞，她人聪明，会设计婚纱，萧芳芳等人一来拍，所有的大明星结婚都来找高仲奇，当然连带着她们的影迷。

就算是离婚，再婚，也没多少次，婚纱热潮又造就了很多其他公司，“国际摄影”回到门前冷落的日子。这时候赛西湖的楼盘要卖，高仲奇爬上铜锣湾的高楼，拍下港九全景，为地产商设计了一套卖楼盘的宣传册子。这也是香港首创。结果十四栋楼，每栋两百个单位，一下子卖光。

楼盘的照片是把模型拍下，再与空军用飞机俯拍的照片合成，有电脑的今天，不算怎样，但当年是轰动一时的杰作，从此之后“国际摄影”一直有卖楼盘的生意可做。

十年又过，各大宣传公司冒起，买卖分薄，高仲奇正在焦急

① 老饼：广东方言，指年纪大的人，引申为落后于潮流的人。——编者注

时，移民潮来了。

要移民，总得拍一张全家福呀，留给不走的父母或亲戚作为纪念，也是人之常情。异邦的新居比香港住过的宽阔，更须挂一幅巨大的照片装饰，大家都来“国际摄影”，拍完放大，和家具一齐用货柜箱运到加拿大去。

再过十年，其间顾客之中，名流居多。

商界人士，已和高仲奇有多年交往，几年一次来拍家庭照；到了九十大寿，当然也保留下几张合家欢，但最重要的，还是个人照片；临终之前，也可以在这些年来拍过的里面选出一张自己最满意的。

众女星之中，高仲奇为乐蒂拍的照片最多。乐蒂相当腌尖[①]的个性，不是每一个人都信得过，她只许高仲奇一人为她拍，结果是被拍的人和看的人都满意。近来有很多中国台湾、新加坡和马来西亚的商界人士，都认为乐蒂给凌波在《梁山伯与祝英台》中的锋头盖过，想重新赞扬这位美艳无比的巨星，纷纷要求高仲奇为乐蒂在各地举行摄影展。

高仲奇为人随和，自己也很崇拜乐蒂，也就赞同，从仓底找出多幅代表作，放大后还是那么清晰，准备好去参展。过了那么多年，现在看来，技巧与姿势都并不过时，再加上时装复古，每

---

① 腌尖：广东方言，意为要求高，过分挑剔。——编者注

幅的表情都不同，更是百看不厌，大家有眼福重睹这位美人的风采。

其实高仲奇的作品收藏，是一笔巨大的财富，不只留下人物的倩影，还见证了香港的历史。我答应为他设立一个网址，将所有的照片让人从电脑下载，这是一件很值得去做的事。

丁雄泉先生

朋友传来短讯：“丁雄泉已于数日前安然逝世。”

看了一阵悲伤，回复道：“这也好。”

“唔，这也好。”朋友同意。

几年前一次跌伤，丁先生从此昏迷。说是变成植物人也不是，还有点感觉的。

关于生病的事，他家人不想让人知道，我一直没出过声，当今走了，大家已不介意了吧。

那么多的往事，一下子涌了出来。和丁先生在一起的日子，总是阳光，总是快乐，我在他身上学到的东西，实在太多。

没叫他一声“丁老师”，是因为我没正式拜过师父，他当我是个朋友，已感幸福。一生人之中，不是那么容易遇到一个真正的艺术家，而丁先生的确是一位真正的艺术家，不但在作品上得益，在做人方面的启发，更是厉害。

从香港去的飞机，一向是清晨抵达阿姆斯特丹，丁先生已经在门口迎接，见到我，就说："来，喝杯香槟。"

"早上喝香槟呀？"我问。

"香槟一定是晚上喝的吗？"他反问，"香槟，是高兴的时候喝的。"

在我的记忆之中，我们一见面就是香槟，不管是早上、中午或晚上。记得他家中有几个彩色的高脚玻璃杯，切割出白色的花纹。为名厂制造的古董，价钱不菲，一般人只摆在柜子里的，打破了怎么办？

"打破了再买呀。"他说。

挥金如土的个性，并非平凡的人拥有，丁先生对美好的东西不计较金钱。参观有才华年轻艺术家的画展时，也会一口气买下数十幅来，也许，这是令他想起当年自己开画展，一幅画也卖不出的往事吧。

我时常强调艺术一定要先把基础打好才行，但丁先生是唯一一位例外的，因为他的画不靠线条，全凭色彩。从他的大红、大黄、大绿的世界里，得到的欢乐是无比的。当我要求向他学画时，他说："不要向我学，向大自然学。花朵、鹦鹉，甚至于西瓜，颜色都是鲜艳的。要学，学做人有广阔的胸襟，学接受太阳的光彩。"

丁先生在纽约成名得比安迪·沃霍尔还要早，于二十世纪六七十年代，国际画评家已对他的画惊为天人。作品价钱极高，大家买不起，只有向他的海报着手，他曾经是世界上复制品卖得最多的画家之一。

我也是由他的海报和画册认识的，一看好像被雷击，即刻着迷，从此不断找关于丁先生的资料来读。一次，在艺术中心的个展中遇见他本人，觉得他身体结实得像一个体育健将，看他事忙，也没去打扰。

后来由朋友介绍，才知道原来他也喜欢看看我的小品文，有了共同语言，更加亲切了，他比我大，就以丁先生称呼。我们常一起吃饭，丁先生的食量惊人，而且爱用手抓东西吃，这点和我一样，我们到菜馆，一叫就是一桌菜。

“你们两位请客，怎么其他客人那么大胆都不来？”经理问道，“到底请了谁？”

丁先生懒洋洋地：“请了李白，请了毕加索，请了米开朗基罗，都不得闲。”

吃那么多东西才有那么强壮的体力，而画西洋画，是需要体力的。毕加索在七八十岁的高龄，也壮得像块石头。丁先生一样，他换上衣服和鞋子，就开始作画，油漆溅在他身上，滴到他鞋上，都是一幅幅色彩缤纷的作品。

也从来没有看过画家有那么大的画室，是由一间室内篮球馆改建的。丁先生一有钱，就在阿姆斯特丹市中心买下一座荒废了的小学，装修成楼下画室，楼上住宅。

房子虽大，依荷兰人的习惯，门却很小。丁先生嫌门板单调，就在上面画画，曾经被人偷过几次，还是画。

画室中，摆着大明星送给他的签名照片，马龙·白兰度、费克·马里奇里夫和导演约翰·休斯顿等。女演员珍·茜宝的字迹更是亲密，丁先生从他的百宝柜中取出一大叠情书：“都是她在巴黎拍《断了气》时写给我的。”

一下子，画室改为病房。丁先生倒下后，荷兰籍女友为他布置的。护士们都很惜身，抱起病人要靠机器，所以室内加了一架小型的起重机。自动起卧的床少不了，也有电动轮椅，虽然病人已不会操作了。

药水倒是闻不到，传来一阵强烈的洋葱味，是熟悉的。丁先生最爱的，就是这种种子像个洋葱，标杆直的茎，开大朵的红、白、黄的花了。

“丁先生，来看您了。”我叫了几声，没有反应，抓着他的手时，像在握紧我的。忽然，看到他眼角有颗泪，我自己已泣不成声。

那么一等，就是六七年。是的，走了也好。“久病没孝子”这句话也灵验，丁先生的一对子女后来把房子也卖掉了，让他搬进一间狭小的医院病房。女友也被打发走了，很少人去探望他，就算有知觉也是种折磨。

丁先生走了，他的色彩还是照暖我们的心。看拍卖行中当代中国画家的作品卖成天价，有几幅能像丁先生的带给我们欢乐？

安息吧，丁先生，您的画，会像太阳，升起，降落，又升起，让后代一直欣赏下去。

后记：

书至此，又接到朋友电话，说丁先生的死讯是误传。我也不顾他家人发表这篇东西了。他的一子一女皆为晚辈，可要听我的。

“这也好。”朋友说。

我点头：“唔，这也好。”

何　藩

有些老友，忽然间想起，特别思念过往相处的一段时光。何藩，你好吗？

让我洗刷记忆吧，何藩是在二十世纪五十至七十年代，在国际摄影中连续得奖二百六十七次的人，曾被选为“博学会士”及“世界十杰”多回，曾著有《街头摄影丛谈》及《现代摄影欣赏》诸书。

当年，阳光射成线条的香港石板街、菜市、食肆，皆为他的题材。虽然以后的摄影家们笑称，这类图片皆为“泥中木舟”的样板，但当年不少游客，都被何藩的黑白照吸引而来，旅游局应发一个奖给他。

硬照摄影师总有一个当电影导演的梦，何藩不例外，一九七〇年拍摄实验电影《离》，获英国宾巴利国际影展最佳电影。

之前，已加入影坛，当时最大的电影公司有邵氏和电懋，他进了前者，在《燕子盗》一片当场记。影棚的人看他长得白白净净，做演员好过，就叫他扮饰妖怪都想吃的唐僧，最为适宜，一共拍了《西游记》、《铁扇公主》和《盘丝洞》数片。

还是想当导演，一九七二年导演首部作品《血爱》之后，以执导唯美派电影及文艺片见称。

何藩每次见人，脸上都充满阳光式的微笑，和他一块谈题材，表情即刻严肃，皱起八字眉，用手比画，像是一幅幅的构图和画面已在他心中出现，非常好玩。

也从来没见过脾气那么好的导演，他从不发火，温温吞吞，公司给什么拍什么，一到了现场，他就活了。

有多少钱制作他都能接受，他以外国人说的“鞋带一般的预算”，在一九七五年拍了一部叫《长发姑娘》的戏，赚个满钵。

所用的主角丹娜，是一位面貌平庸的女子，但何藩在造型上有他的一套，叫丹娜把皮肤晒为黝黑，加一个爆炸型的发式，与清汤挂面的长发印象完全相反，实在引死不少年轻影迷。

何藩已移民外国，听说子孙成群，不知近况如何，甚思念。

牟敦芾

牟敦芾属于二十世纪七十年代的前卫人氏，一来邵氏，就住在我们那栋宿舍里面，我们经常喝酒作乐，聊聊各地的旅行经验。

一九六九年他在台湾导演了较有智慧的电影《不敢跟你讲》和《跑道终点》，大受好评，但不卖座，就流浪去也，到过非洲和欧洲。

当年的邵氏，像好莱坞一样，求才若渴，也肯大胆用新人，由张彻提议，从台湾输入了邱刚健写剧本，后来也将牟敦芾罗致，让他拍了《奸魔》《剪刀石头布》《捞过界》《连城诀》《碟仙》等片子，其中在一九八〇年拍的《打蛇》，更被誉为另类文化的Cult Movie[①]推崇至今。

牟导演长得高瘦，满面胡须，戴个无框边的眼镜，一副艺术家相，是模仿当年的嬉皮士作风。本人也行相一致，去到内地，

① Cult Movie：邪典电影，指因拍摄手法独特、题材诡异、剑走偏锋、带有强烈的个人观点等，而在小圈子内被支持者喜爱及推崇的电影。——编者注

买中国第一辆哈雷·戴维森[1]到处飞驰，吸引不少女子。

其女友都是港台大明星，有一次跟相恋多年的演员女友分手，还开了一个大型的记者招待会，轰动一时。当年的影坛男女离别，皆以低调处理，只有他别开生面，比起后来的艺人离婚记者招待会，早了数十年。

离开邵氏，牟敦芾转到内地发展，拍了一部叫《黑太阳731》的电影，剧情血腥暴力。为了求真实感，跑到东北零下数十摄氏度去拍外景，连挨几个月，不是没有苦功的。

这部讲日本人用战俘做人体实验的电影得到空前的卖座，牟导演自此享尽他认为的荣华富贵，买了辆大型老爷车，请一个菲律宾司机，并嘱其穿上制服。

再购入一木制游艇，时常出海作乐，也娶了一位大学教授，年轻貌美，住免费大宿舍。再接再厉，拍了一部续集式的片子，就没那么好运气了。

最后，两夫妻移民到美国，据称牟敦芾还一直没有放弃他当导演的梦想，不断地提交新计划，但都不了了之。

牟导演，别来无恙？

---

① 哈雷·戴维森：是哈雷·戴维森贸易有限公司生产的摩托车品牌，创办于1903年。——编者注

悼张彻（节选）

张彻在高峰期一口气同时拍四五部电影。

邵氏的十四个摄影棚他要占七八个，待他一天可以拍两三组戏，但从第二棚走到第五、六棚，他都不肯走路过去。

住的是影棚附近的宿舍，一下楼就坐上车子，拍完戏坐车回来。中间，他联合了董千里和杨彦岐，三人一齐和邵逸夫先生开会，订出制作大计。

因为他导演的每一部戏都赚钱，多多益善，三人献计，创造出“联合导演”的方案：张彻挂名，由桂治洪、孙仲、鲍学礼等年轻一辈导演去拍，张彻只看毛片，决定戏的好坏，是否要重拍，等等，后来演变为监制制度和执行导演的制度，影响至今。

年轻导演总有点理想，希望在片中加点艺术性或探讨社会性的东西进去，商业路线就走歪了，变得不卖座。张彻绝对不允许这些行为，又开始大骂人。我亲眼看到一些已经三十多岁的导演被张彻骂得淌出眼泪来，深感同情，对张彻甚不以为然，发誓有一天和他碰上，一定和他大打出手。张彻从不运动，打不过我的。

但是我们之间好像没有冲突过，他一有空就跑到我的办公室，聊聊文学和书法，喝杯茶。偶尔也约金庸先生和倪兄一齐去吃上海菜。这期间，倪兄为他写的剧本最多，大家坐下来闲谈一会儿，主意就出来了，倪兄照样说："好，一个星期内交货。"

其实，他三天就写好，放在抽屉中再过四天后等人来拿。

剧本是手抄后用炭纸油印出来装订的，张彻在等摄影组打光的时候，用笔在动作和对白之间画线，分出镜头来。夏天炎热，整个片厂只有李翰祥和他有一台移动冷气机，由这个角落搬到那个角落。只在分镜头时，张彻没有开口骂人。

一九七四年他在香港感到了制作上的限制，向邵逸夫先生提出组织自己的公司"长弓"，带了一大队人去台湾拍戏，资金由邵氏出，张彻自负盈亏，但票房收益可以分红。

这是张彻兵团走下坡的开始。在台湾的制作并不理想，两年后就结束了"长弓公司"，欠下邵氏巨额的债务。

换作别人，一走了之，但是张彻遵守合约，用导演费来付清欠款，一共要为邵氏拍二十几部戏抵还。每天再由片场回到宿舍，从宿舍到片场，一个摄影棚到另一个摄影棚，剧本上的镜头分了又分。

因为他完全不走动，骨头退化，腰逐渐弯了。有一天，从楼上走到车子，司机等了好久，从后视镜中也不见人，打开门去看，才知道张彻倒在地下，动也不动。

病过之后，他照样每天拍戏，闲时又来我的办公室喝茶，向我说："人在不如意时，可以自修。"

我在张彻鼓励之下，做很多与电影无关的学问，但张彻本人能劝人，自己却停留着。动作片的潮流更换了又更换，李小龙的魄力、成龙的喜感、周润发的枪战等等等等，张彻的动作，还是京剧北派式的打斗，一拳一脚。

合约满了，张彻到内地去拍戏，带动了早期内地的武打片，至今的许多电视动作片集中，还能看到他的影子。

从电影赚到的钱，张彻完全投资回去，有过光辉的人，不肯退出舞台。我曾经写过，张彻像他戏中的英雄，站在那里被人射了一身的箭，还是企立不倒。

我在嘉禾的那段日子，和张彻的联络没中断过。出来吃饭时他的听觉已经丧失，眼又不大看得到东西，互相的对话有困难，就用传真书信。张彻的身体不行，但思想还是那么灵活，传真机中不停地打印出他种种的要求。

也曾经帮他卖过一些小地方的版权，张彻在内地拍的戏，我没有力量为他在香港发行。

老态愈来愈严重的他，年纪并不比李翰祥大。李翰祥在晚年还是大鱼大肉到处跑的时候，张彻已经连门口也不踏出一步了。

二〇〇二年四月，香港电影金像奖发出“终身成就奖”给他时，看到他的照片，已觉惨不忍睹。英雄，是的，不许见白头。

我一方面很惦记他，一方面希望他早点离去。

不能够平息心中的内疚，我只有怨毒地说：“当年那么爱骂人，罪有应得！”

但是，这是多么可怜的想法。

张彻终于在二〇〇二年六月二十二日逝世。后事由邵氏和他的太太及一班契仔[①]处理，邵逸夫爵士对这位老臣子不薄，一直让他住在宿舍里头。

书至此，半夜三点，旧金山中午十二点，打电话给倪兄，他也看到了报纸。

“临走之前，他的头脑还是很清醒的。”我说。

倪兄大笑四声：“人老了，头脑清醒，身体不动，有什么用？不如老人痴呆症，身体还好，头脑不行，像个小孩，或像老顽童，那才好。张彻这个老朋友，也认识了四十多年。早点走，好过赖在那里不走。”

---

① 契仔：广东方言，意为干儿子、义子。——编者注

怀念李翰祥（节选）

李翰祥的家，就在邵氏片厂对面的那排两层楼的房子，叫为“松园”，狄龙也买在他隔壁。

走进“松园”，堆满明式家具和清朝杯杯碟碟，连走路的地方也没有，比摩罗街的古董店还杂。所有古董，并不是每件都是真的。李翰祥和我在曼谷拍外景时，故态复萌，一下飞机就去找古董。他俨如专家，一看到什么红色陶瓷，即说出它的历史和产地，真假跑不出他双眼。高价买了一两件，便捧到酒店，愈看愈不对，叫我拿去古董店换回现金，我说哪有这种蠢事！

在他家里众多的字画中，有一幅小小一尺见方的，是齐白石的画，我认为是齐老一生代表作。画中顶上不留白，用毛笔扫了几下，底部完全空着。仔细一看，才知道是一群小鱼争吃水面上的浮萍，题款是齐白石送给徐悲鸿的，不是得意之作不会送给同行的大师。可惜这幅画已不知所向，要是贪心的话，请他转让，也许他会出手。李翰祥知道我学篆刻，送给了我一箱古印，尽出历代名家之手，但后来拿给冯老师一看，即知是后人所假。

古董堆中，藏着一个Movieola剪片机，当年私人拥有，李翰祥还是导演中的第一个。片子拍得过长，入场次数减少，影响收入。邵先生叫剪辑大师姜兴隆缩短，李翰祥反对，但导演始终要折服给片商，修剪的工作就由我到李翰祥家进行。我跟随姜兴隆多年，也学到一点东西，李翰祥听我说得有理，也就下台阶地和我一齐把整场戏拿掉。

工作至夜，李太太张翠英留我吃晚饭，李家的菜一向在电影圈中闻名，许多佳肴，现在想起来，没有吃过更好的。

饭局中张翠英说给我听："有一年穷得不知道怎么过，除夕晚上借了一笔，我们在家等着还给债主，李翰祥那个家伙竟然拿来买古董！"

张翠英本身也是位演员，以泼辣见称，没有当过正，但是演技出众，留深刻印象。和张翠英结婚之前，李翰祥有过一妻，生女儿李燕萍，也在片厂负责服装工作，我们在宿舍里常一齐打台湾牌，在她口中也常听到一些李家往事。

住台湾的时候，李翰祥和女主角闹绯闻，张翠英一气之下，在众人集合在家里时忽然赤条条地走出来，这件事有人看过，千真万确，可见张翠英个性之刚烈。

在邵氏的那几年中，李翰祥心脏病发作，差点死掉，邵逸夫先生一听，即刻送他到美国西奈山专科医院治疗，一切费用由公司付出。开刀后的李翰祥，救回一命，但价值观完全改变，说话不算数，认为每一天都是赚回来的，所有的东西都是人欠他的。他大鱼大肉，继续放纵自己。

拍《倾国倾城》时，重用台湾新人萧瑶当女主角，男的是狄龙和姜大卫，分别扮皇帝和小太监，周围的人都在冷笑："两个武打明星，也会演戏吗？"

但是在李翰祥的指导之下，两位演员的成绩斐然，内心表演俱佳，粉碎一般人的偏见。

戏里演郑孝胥的，是张瑛，为粤语片红牌，所主演片子无数。粤语片变残，张瑛生活困苦，迫得出来卖保险，再也没机会踏入影坛，但李翰祥一选角就想到他，是张瑛的背景和年龄均适合演这个角色之故。

我在片厂的餐厅遇到张瑛独自一人喝茶，上去和他聊两句。与这群老牌明星谈天，乐事也。张瑛告诉我："当了那么多年小生，现在才知道什么叫演技，都是李导演让我开的窍。"

《倾国倾城》拍完后再开续集《瀛台泣血》，还有《乾隆下江南》《金玉良缘红楼梦》等片子，后来离开拍独立制片。

在邵氏时，推荐了台湾认识的资深记者许家孝来当宣传主任。许家孝之后转职《东方日报》副刊总编，鼓励李翰祥写回忆录，他在《龙门阵》副刊版上的《三十年细说从头》，以专栏形式的短篇写了几年，结集成书，是参考李翰祥一生的好资料。但自传总是夸耀自己，李翰祥的另一面是看不到的。

李翰祥说故事的技巧高，就不注重电影手法了。为了显示宫廷的巨大，他爱用广角镜，以为什么东西都拍得下来就好，处处变了形也不管。独立制片时期为了节省时间，也不铺车轨了。凡是要强调的镜头都是zoom[1]来zoom去，这种低劣的过期手法，内地开放后导演们一看，惊为天人，纷纷模仿，反而贬低了镜头稳重的胡金铨，实在不该。

对李翰祥印象最深的是他的戏瘾，有时忍不住还在别人片中客串一下，拍了《秀才遇着兵》《运财童子小祖宗》等片。

李翰祥几年前逝世，已不记得是何时何日。怀念着他以为他还是活着，没有死去。

---

① zoom：意为（使镜头或摄影机）推近或拉远。——编者注

图书在版编目（CIP）数据

何妨慢生活 / 蔡澜著. — 成都：
天地出版社，2023.2
ISBN 978-7-5455-7287-2

Ⅰ. ①何… Ⅱ. ①蔡… Ⅲ. ①散文集－中国－当代
Ⅳ. ①I267

中国版本图书馆CIP数据核字（2022）第195061号

HEFANG MAN SHENGHUO
何妨慢生活

出品人　陈小雨　杨　政
作　　者　蔡　澜
责任编辑　柳　媛　梁永雪
责任校对　马志侠
封面设计　V　霄
责任印制　王学锋

出版发行　天地出版社
（成都市锦江区三色路238号　邮政编码：610023）
（北京市方庄芳群园3区3号　邮政编码：100078）
网　　址　http://www.tiandiph.com
电子邮箱　tianditg@163.com
经　　销　新华文轩出版传媒股份有限公司

印　　刷　天津融正印刷有限公司
版　　次　2023年2月第1版
印　　次　2023年2月第1次印刷
开　　本　880mm×1230mm　1/32
印　　张　9.5
插　　页　8P
字　　数　183千字
定　　价　58.00元
书　　号　ISBN 978-7-5455-7287-2

咨询电话：（028）86361282（总编室）
购书热线：（010）67693207（营销中心）

从声音到文字，分享人类智慧

天喜文化